A2
適用程度

第二冊

U0066661

印尼語
一學就上手！

QR Code版

王麗蘭　著

學習了語言和文化，溝通、互動、交流便指日可待！

很高興看到王麗蘭老師出版第二本印尼語教科書。在台灣教授印尼語的過程中，我了解學生需要合適教材的需求。一本合適的教材，不僅是符合語言的教學而已，還需要作為兩國或兩地文化的橋樑，而王麗蘭老師這本書正是。

台灣對於印尼語的學習需求越來越多，是時候把握機會、學習更進階印尼語言與文化的時候了。希望這本教科書能夠幫助台灣的學習者們，更有系統地學習印尼語的聽、說、讀、寫。而學習了語言和文化，溝通、互動和交流便指日可待了！

國立暨南大學東南亞學系印尼語講師

李平周

作|者|序

學習進階印尼語，一起來當印尼達人！

在2016年，一首由「印尼陶喆」Anji所演唱的流行歌曲特別「夯」，歌名叫作「Dia」（他），歌曲旋律動人，歌詞講述想念情人的心情，夜深人靜時特別感動人心。在課堂上，我都會播放這首歌，除了介紹好歌之外，我也想要讓學生看看，儘管已經過了差不多五年的時間，這首歌在YouTube上仍然是熱門的印尼歌曲，點擊率達1.3億之多。除了暗示學生這個語言其實有很多人在使用之外，也順便詢問在台灣有哪一首歌有一樣多的點擊率。這時候班上的學生紛紛「不甘示弱」地為我介紹各個熱門的歌曲。

這個畫面，一直是我在教學生涯中最享受的時刻之一。對我來說，這是回歸到語言學習的初衷，即溝通、了解、互動。我覺得一本書的出版也一樣是這樣的過程。

距離本書第一冊的出版已經過了將近六年的時間。我一直沒忘記我出版書的初衷，是希望自己可以為台灣或華語世界的圖書，寫出一本讀者能夠學會、學好、學起來的印尼語書籍。在這個出版書的過程中，身為作者的我也學習到很多。其中最大的收穫就是，我意識到教學工作、出版工作也是一個溝通、互動的過程。一本好用的書，勢必要經過試教、評估學生的學習成效、再進行修改等，才能產生出一本符合學習需求的書。這兩年半，雖然經歷了生兒育女、撰寫博士論文的過程，也沒忘記繼續寫語言教材書，希望讓大家在印尼語言和文化的學習路上，可學習更進階的內容，同時感受到學習的樂趣。

因此，本書的出版是我和學生們的共同創作。在此，為各位獻上這本書！感謝課堂上的每一位學生，因為有大家的努力和熱情，我也才能堅持走到這一步。

同時也要感謝協助審查的李平周老師和顏聖錝老師，兩位老師教學經驗豐富，提供了本書很多的意見。此外，也要特別感謝張家榮先生，協助審查和校對，這一本書要特別獻給您！

感謝瑞蘭國際出版的社長王愿琦、副總編輯葉仲芸、設計部主任陳如琪，因為有大家的鼓勵、專業意見與美編設計，讀者才有機會閱讀到這本精美的書。另外，也要感謝兩位專業的印尼語錄音老師應淋淞和陳雲珍，讓學生有機會學習到標準與道地的口音。非常感謝每一位勞苦功高的幕後功臣。

本書的出版，是希望讓更多人有機會認識進階印尼語，也希望讓讀者了解，印尼語並不困難，有固定的句型和文法。這本書的內容幫助大家掌握口語和聽力，也可以進一步掌握閱讀和寫作能力，是一本全方位的印尼語學習書。邀請大家繼續學習、繼續努力，成為印尼語言和文化達人！

本書的特色在於循序漸進地把各種印尼語的文法，透過課程的安排，一步步地引導學生進入文法的世界。而內容涵蓋十個主題的對話、短文、重點生字、文法解說、聽說讀寫的練習以及文化講解。至於文法的範圍主要包含名詞後綴、動詞ber-的三種形式和主動動詞前綴meN-的六種形式，以及這些詞綴的功能和變化規則。雖然慢慢進入進階的印尼語學習，包括較複雜的動詞和名詞的變化，但是由於搭配對話、短文和詳細的文法解說，我相信所有學習者肯定也能一學就上手！

最後，僅將本書獻給先生小史、女兒開開和兒子兔兔，因為書裡的每一頁、每一個句子，都有你們的陪伴！

2021年5月於基隆

如何使用本書

　　《印尼語，一學就上手！（第二冊）》是王麗蘭老師根據多年教學經驗，特別為印尼語的進階學習者規劃的學習書。

Pelajaran 1～10

　　本書將在印尼一定會使用到的用語與對話，包含日常生活中食、衣、住、行、育、樂等各種內容，分成10大類學習主題，帶領讀者一一學習。每一主題皆包含會話、短文、單字、文法說明、練習題，全方位的編寫，讓您的印尼語實力更進一步！

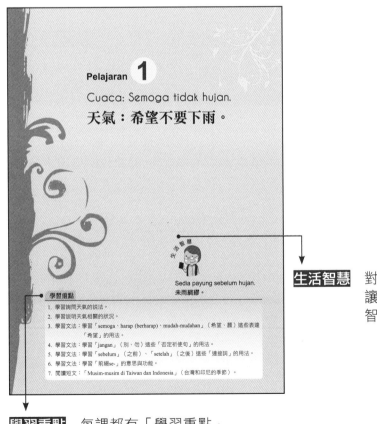

生活智慧 對照意思相近的中文，讓大家認識印尼古人的智慧。

學習重點 每課都有「學習重點」介紹，讓您在學習前有提綱挈領的全面了解。

會話　依照課程學習主軸，每課皆有模擬情境會話，內容生動有趣，不像一般教科書一樣枯燥，學習者會發現，原來使用印尼語交談一點也不難。

小提醒　提醒學習當下該注意的要點。

中文翻譯　會話及短文均有精準的中文翻譯，輔助學習，效果最佳。

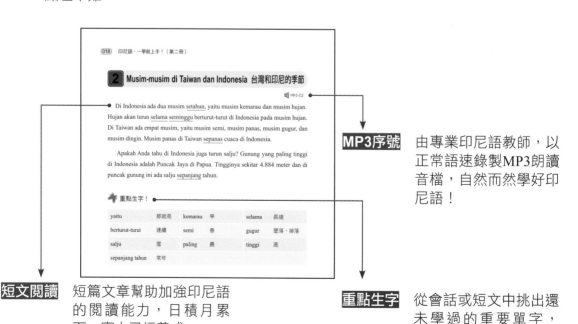

短文閱讀　短篇文章幫助加強印尼語的閱讀能力，日積月累下，實力已經養成。

MP3序號　由專業印尼語教師，以正常語速錄製MP3朗讀音檔，自然而然學好印尼語！

重點生字　從會話或短文中挑出還未學過的重要單字，可針對重點生字特別記憶。

014　印尼語，一學就上手！（第二冊）

　文法真簡單（一）： ●────────

1 用來表達「希望」的「semoga、harap (berharap)、mudah-mudahan」的用法：

　　表達「希望」或「期望」的相關字彙，首先常用的是「semoga」（希望）。另外還有「harap」（希望），因為是動詞，所以需要搭配主詞使用，在口語上可以使用字根，在書面上使用則加上「ber-」的動詞前綴，變成「berharap」。而「semoga」（希望、願）和「mudah-mudahan」（希望）則是副詞，一般放在句首或動詞前面，而且前面不再加上主詞。

例句
- Semoga cepat sembuh.　　　　　希望你早日康復。
- Saya berharap kita bisa bertemu lagi.　　我希望我們可以再見面。
- Minum obat ini, mudah-mudahan kamu cepat sembuh.
  喝這個藥，希望你早日康復。

文法真簡單　針對當課會話與短文，重點說明主要文法。

例句　主要文法均有大量例句，幫助記憶。

016　印尼語，一學就上手！（第二冊）

練習一下（一）：請翻譯下列句子。 ●────────

1. 吃飯前，先洗手。（cuci tangan 洗手）

2. 別在吃飯後洗澡。（mandi 洗澡）

練習一下　在學習一個段落的時候，立即就有小測驗可以練習，隨時跟上學習步調。

022　印尼語，一學就上手！（第二冊）

3 Kosakata Penting　重要詞彙： ●────────　MP3-03

Cuaca 天氣

panas	熱	dingin	冷	cerah	晴
hujan	雨	mendung	陰天	hangat	溫暖
sejuk	涼快	berangin	起風	berawan	多雲

重要詞彙　統整之前所學的重點生字，並延伸學習相關字彙，擴充單字量。

Pelajaran 1　天氣：希望不要下雨。　023

4 Latihan 測驗一下： ●────────

A. 聽力練習： MP3-04

Dengarkan percakapan lalu isilah tempat yang kosong.
請聆聽對話，並在空格處填上答案。

Musim dingin di Taiwan

Budi:　Siti, saya di sini.
Siti:　Mas Budi, (1)_____ menunggu?
Budi:　Tidak, (2)_____.

測驗一下　每一課的最後，皆有測驗。此測驗搭配學習內容課程，包含「聽力練習」、「翻譯練習」、「口語練習」、「寫作練習」，幫助學習者融會貫通課程內容，了解自我學習成效。

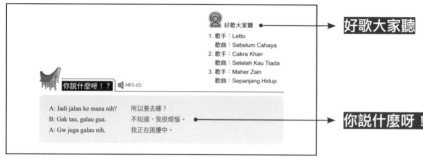

好歌大家聽 精心挑選印尼人耳熟能詳的歌曲，一邊聽、一邊唱，學習印尼語就是這麼輕鬆有趣。

你說什麼呀！？ 以最常用的印尼語日常口語為主，讓學習者掌握道地口語。

不可不知的印知識 除了學會聽、說、讀、寫印尼語之外，也要認識印尼文化。每課均有「不可不知的印知識」以及有趣好玩的「你知道嗎？」，讓您能更深入了解印尼。

附錄

　　系統整理印尼語介係詞、副詞、連接詞、疑問代名詞，讓讀者隨時查閱與複習。同時將前綴和後綴詞文法列表，並統整形容詞子句句型，鞏固文法實力。此外還介紹印尼各省分以及其首府，讓您更了解印尼。最後附上全書所有練習題的解答，讓學習者可以精確掌握自己的學習效果。

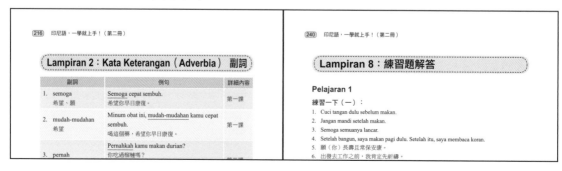

目｜次

推薦序...**002**

作者序...**003**

如何使用本書.......................................**005**

Pelajaran

Cuaca: Semoga tidak hujan.

天氣：希望不要下雨。...........................011

Pelajaran 2

Pasar Tradisional: Kamu mau beli buah yang mana?

傳統市場：你要買哪一種水果？............ 029

Pelajaran 3

Berbelanja: Masih ada warna lain?

購物：還有其他顏色嗎？........................ 049

Pelajaran 4

Tempat: Stasiun kereta api di mana?

地點：火車站位在哪裡？........................ 069

Pelajaran 5

Transportasi: Apakah saya harus ganti bus?

交通：需要換車嗎？............................... 089

Pelajaran 6

Tanya jalan: Bagaimana cara ke terminal bus?

問路：巴士總站往哪兒走？.................... 109

Pelajaran **7**

Telekomunikasi: Lebih baik pilih kartu ini.

通訊：最好選擇這張卡。 129

Pelajaran **8**

Wisata: Saya mau menyewa mobil.

旅遊：我要租車。 149

Pelajaran **9**

Warung makan: Apa yang Anda sarankan?

餐廳：有什麼推薦的？ 169

Pelajaran **10**

Lapor polisi: Dompet saya hilang.

報案：我的錢包不見了。 191

Lampiran 附錄 **213**

Lampiran 1：Kata Depan 介係詞

Lampiran 2：Kata keterangan（Adverbia） 副詞

Lampiran 3：Konjungsi 連接詞

Lampiran 4：Kata tanya 疑問代名詞

Lampiran 5：「前綴」、「後綴」、「環綴」文法

Lampiran 6：連接詞「yang」（的）與形容詞子句：六種句型統整

Lampiran 7：印尼五大島嶼、其他各小島、各省分以及其首府

Lampiran 8：練習題解答

Pelajaran

Cuaca: Semoga tidak hujan.

天氣：希望不要下雨。

生活智慧

Sedia payung sebelum hujan.
未雨綢繆。

學習重點

1. 學習詢問天氣的説法。
2. 學習説明天氣相關的狀況。
3. 學習文法：學習「semoga、harap (berharap)、mudah-mudahan」（希望、願）這些表達「希望」的用法。
4. 學習文法：學習「jangan」（別、勿）這些「否定祈使句」的用法。
5. 學習文法：學習「sebelum」（之前）、「setelah」（之後）這些「連接詞」的用法。
6. 學習文法：學習「前綴se-」的意思與功能。
7. 閱讀短文：「Musim-musim di Taiwan dan Indonesia」（台灣和印尼的季節）。

1　Semoga tidak hujan. 希望不要下雨。

MP3-01

Setelah berwisata di Yogyakarta, Wati dan Budi pergi ke Pulau Lombok.

Wati: Jangan lupa bawa payung ya.

Budi: Semoga nanti sore tidak hujan. Saya masih mau main-main.

Wati: Bagaimana cuaca hari ini?

Budi: Hari ini cerah.

Wati: Pemandangan pantai di Lombok cukup indah.

Budi: Lombok sepanas Yogyakarta.

Wati: Kayaknya mau turun hujan deh!

Budi: Ya, karena sekarang musim hujan.

🌸 重點生字！

setelah	之後	jangan	別、勿	lupa	忘記
bawa	帶	payung	傘	main-main	玩玩
cuaca	天氣	cerah	天晴	pemandangan	景色
pantai	海邊	cukup	足夠、夠	indah	優美
sepanas	一樣熱	kayaknya	好像、似乎	turun	落、降
deh	呢、吧（語助詞）	musim	季節		

🌸 中文翻譯：

在日惹旅遊之後，Wati和Budi去龍目島。

Wati： 別忘了帶傘。
Budi： 希望待會兒下午不會下雨。我還要去玩。
Wati： 今天的天氣怎麼樣？
Budi： 今天是晴天。
Wati： 龍目島海邊景色很美。
Budi： 龍目島跟日惹一樣熱。
Wati： 好像要下雨了呢！
Budi： 是的，這是因為現在是雨季。

 小提醒

1. 「pemandangan」字根是「pandang」（望）；「sepanas」字根是「panas」（熱）；「setelah」字根是「telah」（已經）；「kayaknya」字根是「kayak」（好像、似乎）。
2. 「kayaknya」（好像、似乎）是口語的表達方式。

文法真簡單（一）：

1 用來表達「希望」的「semoga、harap (berharap)、mudah-mudahan」的用法：

　　表達「希望」或「期望」的相關字彙，首先常用的是「semoga」（希望）。另外還有「harap」（希望），因為是動詞，所以需要搭配主詞使用，在口語上可以使用字根，在書面上使用則加上「ber-」的動詞前綴，變成「berharap」。而「semoga」（希望、願）和「mudah-mudahan」（希望）則是副詞，一般放在句首或動詞前面，而且前面不再加上主詞。

例如

- Semoga cepat sembuh.　　　　　　　　希望你早日康復。
- Saya berharap kita bisa bertemu lagi.　　我希望我們可以再見面。
- Minum obat ini, mudah-mudahan kamu cepat sembuh.
　喝這個藥，希望你早日康復。

2 否定祈使句「jangan」（別、勿）的用法：

　　「jangan」的用法在印尼語中與「tidak mau」（不要）或「tidak ingin」（不想要）不同，主要差別在於「jangan」用在祈使句上，而「tidak mau」或「tidak ingin」則用在陳述句上。

例如

- Jangan merokok di sini.　　　　　　　　請勿在這裡抽菸。
- Jangan buang sampah sembarangan.　　　請勿亂丟垃圾。
- Saya tidak mau merokok lagi.　　　　　　我不要再抽菸了。
- Saya tidak ingin buang sampah di sini.　　我不想要在這裡丟垃圾。

3 連接詞「sebelum」（之前）、「setelah」（之後）的用法：

印尼語中的關係連接詞「sebelum」和「setelah」，是用來連接時序上不同的動作。

其中「sebelum」用來連接同一個句子中的兩個分句，而「sebelum itu」（在那之前）則是用來連接兩個獨立的句子，通常放在句首。

另外，「setelah」還有另一個同義詞，那就是「sesudah」，都是用來連接一個句子中的兩個分句；而「setelah itu」（在那之後），則是連接兩個獨立的句子。

(1)「sebelum」（之前）、「sebelum itu」（在那之前）

例如

- Sebelum mandi, saya membaca koran.　　　我在洗澡前看報紙。
- Saya berangkat ke sekolah. Sebelum itu, saya makan pagi dulu.
  我出發去學校。在那之前，我先吃了早餐。

(2)「setelah、sesudah」（之後）、「setelah itu、sesudah itu」（在那之後）

例如

- Setelah mandi, saya membaca koran.　　　我在洗澡後看報紙。
- Saya bangun jam tujuh pagi. Setelah itu, saya menyikat gigi.
  我在早上七點起床。在那之後，我刷牙。

小提醒

在印尼，一般來說「吃藥」用「minum」（喝）來當動詞，而不用「makan」（吃）。

練習一下（一）：請翻譯下列句子。

1. 吃飯前，先洗手。（cuci tangan 洗手）

2. 別在吃飯後洗澡。（mandi 洗澡）

3. 希望一切順利。（semuanya 一切；lancar 順利）

4. 在起床之後，我先吃早餐。在那之後，我閱讀報紙。

5. Semoga panjang umur dan sehat selalu.（selalu 常常）

6. Sebelum berangkat kerja, saya pasti salat dulu.（pasti 肯定；salat 祈禱）

7. Jangan menyerah!（menyerah 放棄）

8. Jangan buang sampah sembarangan.

補充生字：

obat	藥	merokok	抽菸	buang	丟
sampah	垃圾	sembarangan	隨意	koran	報紙
mandi	洗澡	menyikat	刷（牙）		

 小提醒

　　「salat」，字源來自阿拉伯語，專指伊斯蘭教中穆斯林的祈禱行為。有時候也會寫成「sholat」或「solat」，不過這些是拼寫尚未統一以前的各種寫法，根據字典，目前正確的是「salat」。

2 Musim-musim di Taiwan dan Indonesia 台灣和印尼的季節

MP3-02

　　Di Indonesia ada dua musim setahun, yaitu musim kemarau dan musim hujan. Hujan akan turun selama seminggu berturut-turut di Indonesia pada musim hujan. Di Taiwan ada empat musim, yaitu musim semi, musim panas, musim gugur, dan musim dingin. Musim panas di Taiwan sepanas cuaca di Indonesia.

　　Apakah Anda tahu di Indonesia juga turun salju? Gunung yang paling tinggi di Indonesia adalah Puncak Jaya di Papua. Tingginya sekitar 4.884 meter dan di puncak gunung ini ada salju sepanjang tahun.

 重點生字！

yaitu	那就是	kemarau	旱	selama	長達
berturut-turut	連續	semi	春	gugur	墜落、掉落
salju	雪	paling	最	tinggi	高
sepanjang tahun	常年				

短文翻譯：

　　印尼有兩個季節，那就是旱季和雨季。在雨季，會連續下長達一個星期的雨。在台灣則有四個季節，那就是春季、夏季、秋季和冬季。台灣的夏天和印尼的天氣一樣熱。

　　你是否知道在印尼也會下雪？印尼最高的山是在巴布亞（Papua）的查亞峰（Puncak Jaya）。它的高度大約是4,884公尺，在山頂上常年有雪。

文法真簡單（二）：前綴「se-」

　　印尼語中主要的詞性變化或構詞的方式，是採用「前綴」、「後綴」或「環綴」。在字根加上不同的前綴或後綴之後，則可以形成副詞、動詞、形容詞或名詞。至於加上環綴，則可以形成及物動詞、名詞等。在印尼語的學習中，這些前、後綴的學習相當重要。

　　在這一課，我們將學習一個常見的前綴「se-」。字根加上前綴「se-」是為了形成名詞、副詞、動詞等。它的主要功能如下：

1. 「一」的意思。
2. 「全部」、「整個」、「一整個」的意思。
3. 「相同」、「與……一樣」的意思。
4. 表達程度，「至……」、「……達」的意思，例如：「至多」、「長達」等。

1 「一」的意思。

例如

- Saya membeli sebuah buku.　　　　　　　我買了一本書。
- Ada seratus guru di sekolah ini.　　　　　在這間學校裡有一百位老師。

2 「全部」、「整個」、「一整個」的意思。

例如

- Kami sekeluarga suka bersantap di restoran.　　我們全家喜歡在餐廳品嘗美食。
- Hari ini adalah Hari Bumi Sedunia.　　　　　　今天是全世界的地球日。

3 「相同」、「與……一樣」的意思。

例如

- Pohon itu setinggi rumahnya.　　　　　　那棵樹跟他的家一樣高。
- Bandung tidak sepanas Jakarta.　　　　　萬隆沒雅加達那麼熱。

4 表達程度，「至……」、「……達」的意思，例如：「至多」、
「長達」等。

 例如

- Saya mau pergi ke Indonesia <u>se</u>lama dua minggu.　我要去印尼長達兩週。
- Ada <u>se</u>banyak seratus pelajar di dalam kelas itu.　有多達一百位學生在教室裡。
- Ada salju di puncak gunung <u>se</u>panjang tahun.　山頂上常年積雪。
- Saya memberi diskon <u>se</u>besar 5 persen.　我給多達百分之五的折扣。

🌼 補充生字：

bersantap	品嘗	bumi	地球	dunia	世界
pohon	樹	diskon	折扣	persen	百分比

 小提醒

1. 另外，「se-」還有其他的功能，例如：
   A. 表達在某個時間點上，例如：「<u>se</u>pulang rumah」（一回到家）。
   B. 「根據」、「符合」之意，例如：「<u>se</u>tahu saya」（據我所知）。
2. 用來表達程度的「至……」、「……達」的字，可加上「mungkin」（可能），形成「盡可能地……」的意思。例如：「sebanyak mungkin」（盡可能地多）、「secepat mungkin」（盡可能地快）。
3. 短文中的「selama」的字根是「lama」（久）；「berturut-turut」的字根是「turut」（跟隨、跟著）；「sepanjang」的字根是「panjang」（長）。

練習一下（二）：請翻譯下列句子。

1. 我跟爸爸一樣高。

2. 他是一位老師。

3. 明天是世界婦女節。

4. Masakan ini tidak seenak masakan ibu saya.

5. Pacarnya seganteng bintang film Brad Pitt.（bintang　星星、明星）

6. Saya tidak makan sepanjang hari.

7. Saya berjalan kaki ke sekolah setiap hari.

8. Saya berwisata di Bali selama sebulan.

3 Kosakata Penting 重要詞彙：

Cuaca 天氣

MP3-03

panas	熱	dingin	冷	cerah	晴
hujan	雨	mendung	陰天	hangat	溫暖
sejuk	涼快	berangin	起風	berawan	多雲
berkabut	起霧	hujan deras	暴雨	hujan lebat	豪雨
hujan ringan	小雨	hujan gerimis	毛毛雨	angin topan	颱風
suhu	溫度	derajat Celsius	攝氏溫度	tinggi	高
rendah	低	prakiraan cuaca	氣象預報	iklim	氣候

Musim 季節

musim hujan	雨季	musim kemarau	旱季	musim semi	春季
musim panas	夏季	musim gugur	秋季	musim dingin	冬季
monsun	季風				

4 Latihan 測驗一下：

A. 聽力練習： 🔊 MP3-04

Dengarkan percakapan lalu isilah tempat yang kosong.

請聆聽對話，並在空格處填上答案。

Musim dingin di Taiwan

Budi:　Siti, saya di sini.

Siti:　Mas Budi, (1)＿＿＿＿＿＿＿ menunggu?

Budi:　Tidak, (2)＿＿＿＿＿＿＿.

Siti:　(3)＿＿＿＿＿＿＿ di luar.

Budi:　Ya, karena (4)＿＿＿＿＿＿＿ sekarang.

Siti:　Kalau musim dingin, saya (5)＿＿＿＿＿＿＿＿＿＿＿.

Terjemahkan jawaban di atas. 請翻譯上述聽力練習。

台灣的冬天

Budi：　Siti，我在這裡。

Siti：　Budi大哥，等(1)＿＿＿＿＿＿＿嗎？

Budi：　沒有，(2)＿＿＿＿＿＿＿。

Siti：　外面(3)＿＿＿＿＿＿＿。

Budi：　是啊，因為現在是(4)＿＿＿＿＿＿＿。

Siti：　如果在冬天，我(5)＿＿＿＿＿＿＿＿＿＿。

B. 翻譯練習：

Terjemahkan kalimat di bawah ini ke dalam bahasa Indonesia.
請將下列句子翻譯成印尼語。

(1) 今天天氣怎麼樣？

今天是陰天。

(2) 明天天氣怎麼樣？

明天會下雨。

(3) 何時是雨季？

大概十月到三月。

(4) 現在在台灣是什麼季節？

現在是夏天。

台灣的夏天跟雅加達一樣熱。

(5) 你最喜歡什麼季節？

雖然很熱，但我最喜歡夏天。

(6) 如果下雨，別忘了帶傘。

C. 口語練習：

Wawancarailah teman Anda dengan pertanyaan di bawah ini.
用下列的問句訪問您的朋友。

(1) Bagaimana cuaca hari ini?

(2) Kalau tidak hujan, apa rencana Anda?

(3) Kalau besok hujan, kamu mau ke mana?

D. 寫作練習：

Buatlah sebuah karangan bertema "Hujan pada Hari Piknik Saya".
寫一篇短文，主題是「在我的野餐日那天下雨了」。

 好歌大家聽

1. 歌手：Letto
   歌曲：Sebelum Cahaya
2. 歌手：Cakra Khan
   歌曲：Setelah Kau Tiada
3. 歌手：Maher Zain
   歌曲：Sepanjang Hidup

 你說什麼呀！？　🔊 MP3-05

A: Jadi jalan ke mana nih?	所以要去哪？
A: Gak tau, galau gua.	不知道，我很煩惱。
A: Gw juga galau nih.	我正在困擾中。

不可不知的印知識

放空聖地：龍目島（Pulau Lombok）

　　如果您想找一個海邊祕境，不想被團體觀光客打擾，那麼與峇里島一水相隔的龍目島（Pulau Lombok）絕對是您必訪的地方。

　　龍目島在峇里島的東邊，全島面積約4,725平方公里。島上最高點是北部的林賈尼山（Gunung Rinjani），山頂上有火山湖，景色優美宜人。黃昏時分，可到著名的丹絨安海灘（Pantai Tanjung Aan）去欣賞日落。龍目島與峇里島最大的不同，是龍目島島民大部分是信奉伊斯蘭教，島上有禁酒令，因此到當地的遊客請務必遵守當地風俗。

　　龍目島的特色在於擁有細白的沙灘、清澈的海水、原始椰子林和熱帶雨林。這裡保留了三十年前峇里島的傳統風貌。在龍目島還可以進行很多上山下海的活

動，其中首推林賈尼山的登山行程。林賈尼山高度約3,725公尺，通常登山客會預備兩到三天從半山腰開始登山，並在第二天清晨攻頂欣賞日出。

在鬧區馬達蘭（Mataram）附近的神怡怡海灘（Senggigi）旁，有五星級飯店、中價位的旅館和低價位的民宿，任君選擇。若剛好碰到星期日，還可以到著名的庫打星期日市集（Kuta Sunday Market）去逛逛，這市集是當地農民的市集，攤販們席地而坐，販賣各式各樣的農作物、漁獲等等，非常具有當地特色。

到當地原住民沙沙克族（Sasak）的村莊欣賞他們的手工藝品，也是一個值得推薦的行程。沙沙克族目前仍然過著相當淳樸的生活，從事著包括手工織布、雕刻、竹編等工藝。走進村莊，看到當地婦女在家門前以傳統織布機織著五顏六色的布，以及男人圍著沙龍布刻著木雕，充分感受到簡樸生活的美好。

龍目島的四周還有很多小島，其中以在西北邊的吉利群島（Pulau Gili）最著名。吉利群島由三個小島所組成，分別是吉利愛爾（Gili Air）、吉利梅諾（Gili Meno）和吉利塔望安（Gili Trawangan）。這三個小島上的最大特色是島上沒有帶來汙染的汽機車，他們只以傳統的馬車作為交通工具。

嚮往海邊祕境的話，趕快規劃到龍目島一趟吧！

你知道嗎？

印尼雖然四季如夏，每一天的天氣都一樣熱，但是熱帶國家的午後雷陣雨，常常會帶來豪雨。印尼常發生水災（banjir），尤其在雨季時，各大城市經常傳來災情。水災是印尼長期有待解決的問題，但印尼人似乎都習慣了這每年到訪的水災。嚴重的話，還會因為水災而放假。

Pelajaran 2

Pasar Tradisional: Kamu mau beli buah yang mana?

傳統市場：你要買哪一種水果？

生活智慧

Seorang makan cempedak, semua kena getahnya.

殃及池魚。

學習重點

1. 學習在傳統市場如何買東西並討價還價。
2. 學習水果、蔬菜、香料的名稱。
3. 學習文法：學習疑問代名詞「yang mana」（哪一個）、形容詞的連接詞「yang」（的）的用法。
4. 學習文法：學習連接詞「karena」（因為）的用法。
5. 學習文法：學習「pernah」（曾經）、「semakin」（漸漸、越……越……）的用法。
6. 學習文法：學習後綴「-nya」的意思與功能。
7. 閱讀短文：「Buah-buahan di Indonesia」（印尼水果）。

Kamu mau beli buah yang mana? 你要買哪一種水果？

 MP3-06

Ibu Dewi mau mampir ke pasar untuk membeli buah-buahan dan sayuran. Dia suka ke sana karena dia bisa tawar-menawar di pasar.

Penjual: Mau beli apa, Bu?

Dewi: Saya mau 2 jambu biji.

Penjual: Mau yang mana, Bu? Yang lebih besar atau yang lebih kecil?

Dewi: Yang segar dan manis.

Penjual: Mau yang lain? Apakah Ibu pernah coba durian?

Dewi: Belum pernah.

Penjual: Beli satu dong!

Dewi: Kasih saya satu deh! Bisa murah sedikit?

Penjual: Bisa sedikit. Semuanya 45.000 Rupiah. Datang lagi lain kali ya.

Dewi: Baik. Semoga usahanya semakin lancar, Pak.

Penjual: Amin Bu.

🌸 重點生字！

mampir	到訪、停留	buah-buahan	水果	sayuran	蔬菜
tawar-menawar	討價還價	jambu biji 芭樂（番石榴）		yang mana	哪一個
segar	新鮮	manis	甜	lain	其他
pernah	曾經	coba	嘗試	durian	榴槤
dong	吧（語助詞）	murah	便宜	lain kali	下次
usaha	生意	semakin	漸漸、越	amin	希望如此

🌸 中文翻譯：

Dewi女士要到菜市場去買水果和蔬菜。她喜歡去那裡是因為在市場裡她可以討價還價。

攤販：　太太，今天要買什麼？

Dewi：　我要兩顆芭樂。

攤販：　你要哪一種？比較大的還是比較小的？

Dewi：　要新鮮又甜的。

攤販：　還要其他的嗎？太太曾經試（吃）過榴槤嗎？

Dewi：　還沒（試過）。

攤販：　買一個吧！

Dewi：　給我一個吧！可以便宜一點嗎？

攤販：　可以一點點。全部是四萬五千印尼盾。下次再來。

Dewi：　 好的。希望你生意興隆，先生。

攤販：　希望如此，女士。

小提醒

1. 「kasih」是「給」的口語說法，在第一冊第九課曾經介紹過，其正式的說法是「beri」。不過因為是口語的說法，使得很多人在拼字上不太講究，有些人會把「kasih」寫成「kasi」，但目前在字典上正確的寫法是「kasih」。因此需要注意與「kasih」（愛）是不同的字。

2. 「amin」是穆斯林禱告結束時的用語。在這對話中也可引伸為「希望如此」、「若真主應許的話」等意思。

3. 與Dewi女士對話的「penjual」是「攤販」的意思，字根是「jual」（賣）。

4. 「jambu biji」（芭樂）的「biji」是「粒（顆）、籽」的意思，另外可用作其他圓形物體的量詞，例如：「sebiji bola」（一顆球）、「sebiji apel」（一粒蘋果）。其他量詞詳見第一冊第九課。

5. 「Apakah Ibu pernah coba durian?」也可以用比較正式的問法，即「Pernahkah kamu coba durian?」。句子中的「-kah」是疑問語助詞，正式的疑問句通常需要加上「kah」，但在口語上可以省略。

6. 「buah-buahan」的字根是「buah」（果實）；「sayuran」的字根是「sayur」（蔬菜）；「tawar-menawar」的字根是「tawar」（議價）。

文法真簡單（一）：

1 疑問代名詞「yang mana」（哪一個）的用法：

　　「Yang mana?」是「疑問代名詞」，意思是「哪一個？」或「哪一種？」，通常用在有選擇之下的問句。

例如

- Yang mana yang kamu suka?　　　　　你喜歡哪一個？
- Makanan yang mana kamu suka?　　　你喜歡的食物是哪一個？

2 形容詞的連接詞「yang」的用法：

　　「yang」是形容詞的連接詞，在本書第一冊第五課中曾提及，是用來連接名詞和形容詞。然而，「yang」也可以在沒有名詞的情況下直接連接形容詞，此時表示強調、選擇等，相當於中文的「的」。

例如

- Ibu mau yang mana?　　　　　女士要哪一個？
- Yang lebih besar itu.　　　　　比較大的那個。
- Mau yang lain?　　　　　　　要其他的嗎？
- Yang merah itu.　　　　　　　那個紅色的。

3 連接詞「karena」（因為）的用法：

　　因果關係連接詞「karena」，是用來當作兩個句子之間因果關係的連接詞。「karena」還有兩個比較口語的用法，即「gara-gara」和「soalnya」，另外比較少用到的是「sebab」、「mentang-mentang」和「lantaran」，意思通通都是「因為」。

例如

- Dia tidak pergi ke sekolah karena sakit.　　他沒去學校，因為生病了。
- Dia tidak pergi ke sekolah gara-gara sakit.　　他沒去學校，因為生病了。
- Dia tidak pergi ke sekolah soalnya sakit.　　他沒去學校，因為生病了。

4 「pernah」（曾經）的用法：

　　中文的「過」，例如：A.「你吃過了嗎？」和B.「你吃過榴槤嗎？」這兩句同樣都有「過」，但是在印尼語中的用詞卻不相同。其中A例句表達過去式，所以要用「sudah」（已經），而B例句表達一種經驗，因此要用「pernah」（曾經）。

例如

- Sudah makan belum?　　你吃過了嗎？
- Pernahkah kamu makan durian?　　你吃過榴槤嗎？
- Saya belum pernah ke Indonesia.　　我還沒去過印尼。

5 「semakin」（漸漸、越……越……）的用法：

　　「semakin」的字根是「makin」，兩個字用法一樣，都有「漸漸」、「越來越……」、「日益」、「日漸」的意思。在句子中，「semakin」通常只用一次。但特殊用法是，在搭配「hari」（天）時，則必須用兩次，形成「日漸」或「越來越……」的意思。

- Mengapa harga rumah semakin naik?　　　為什麼房價越來越高漲？
- Prasarana Jakarta semakin hari semakin maju.　　雅加達的基礎建設越來越進步。

 補充生字：

prasarana	基礎建設	nama baik	好名聲	berbuat baik	做好事
maju	進步				

💡 小提醒

1. 「yang mana」也可以用在陳述句的句型中，意思類似英語的「*which one*」，例如：「Dia belum tahu baju yang mana lebih baik.」（他不知道哪一件衣服比較好。）
2. 「karena」（因為）在很多非正式文章或歌詞裡，會寫成「karna」。
3. 「sebab」（因為、原因）通常以名詞的形式「penyebab」（原因）出現在句中，用來表達因果關係，例如：「penyebab kanker」（癌症的原因）、「penyebab rambut rontok」（掉髮的原因）。
4. 「karena」（因為）還有其他類似的用法，即「oleh karena itu」（因此、因而），類似英語的「*therefore*」，用來連接兩個獨立、具有因果關係的句子，例如：「Kita harus menjaga nama baik orang tua. Oleh karena itu, marilah kita berbuat baik.」（我們應該要維護家長的好名聲。因此，讓我們來做好事吧！）

練習一下（一）：請翻譯下列句子。

1. 你喜歡哪一種水果？

2. 我喜歡吃新鮮又甜的水果。

3. 他牙痛，因為每天吃糖果。（sakit gigi 牙痛；permen 糖果）

4. 你曾經去過印尼嗎？

5. 我學印尼語，因為我的太太是印尼人。

6. Anaknya semakin hari semakin cantik.

7. Saya mau yang besar itu.

8. Film yang mana kamu suka?

Buah-buahan di Indonesia 印尼的水果

🔊 MP3-07

Kalau kamu pergi berwisata ke Indonesia, jangan lupa coba buah-buahan di sana. Terdapat bermacam-macam buah-buahan di Indonesia. Pernahkah kamu coba durian? Kalau belum, silakan coba. Durian adalah raja buah-buahan. Meskipun <u>baunya</u> tidak sedap, tetapi <u>rasanya</u> manis dan enak. <u>Harganya</u> tidak mahal. Kamu bisa membeli durian di toko buah-buahan atau di pasar buah.

🌸 重點生字！

terdapat	有、有著	bermacam-macam	多種	raja	王
baunya	味道（嗅覺）	rasanya	味道（味覺）	sedap	美味
mahal	貴	buah	水果、果實		

🌸 短文翻譯：

　　如果你去印尼旅遊，不要忘記試試在那邊的水果。在印尼有各式各樣的水果。你曾經試過榴槤嗎？如果還沒，請試一下。榴槤是水果之王。雖然它的味道不好聞，但是它很甜和美味。它的價錢不貴。你可以在水果店或水果市場買。

小提醒

「terdapat」的字根是「dapat」（得到、能夠）；「bermacam-macam」的字根是「macam」（種類）；「baunya」的字根是「bau」（味道）；「rasanya」的字根是「rasa」（味道、感覺）。

文法真簡單（二）：後綴「-nya」

印尼語有很多形式的前、後綴，其中最常見的就是後綴「-nya」。由於「-nya」的意思很多，容易混淆，經過歸納後，主要有三個功能：一、作為第三人稱的所有格；二、作為強調功能的後綴；三、形成禮貌性的說法。

1 作為第三人稱的所有格：

後綴「-nya」作為第三人稱的所有格，在第一冊第四課中曾介紹過。

例如

- Ini bukunya.　　　　　　　這是他的書。
- Anaknya pintar sekali.　　　他小孩很聰明。

2 作為強調功能：

作為強調的功能，一般會搭配形容詞和名詞。

(1) 當「-nya」加在形容詞後面，它的句型通常是「形容詞＋nya＋動詞 / 名詞」。

例如

- Susahnya mencari uang.　　賺錢真困難。
- Cantiknya baju ini.　　　　這件衣服真美。

(2) 當「-nya」加在名詞後面，它的句型通常是「名詞＋nya＋形容詞」。

例如

- Tahu busuk rasanya enak.　　臭豆腐，它的味道很好。
- Durian baunya sedap.　　　　榴槤的味道很香。

3 形成禮貌性的說法：

在印尼語的對話中，會避免使用「kamu」（你），取而代之的是習慣性使用「-nya」來表達，形成一種禮貌性的說法。

例如

- Nama<u>nya</u> siapa, Pak?　　　　先生，（您的）名字是什麼？
- Umur<u>nya</u> berapa, Pak?　　　　先生，（您的）年齡幾歲？

 小提醒

除了上述的功能，「-nya」還有其他的功能如下：

1. 作為定冠詞，如同英語的「*the*」，例如：「Saya mau mandi, air<u>nya</u> tidak ada.」（我想要洗澡，（卻）沒有水。）
2. 倒裝句型的用法，例如：「Ibu Dewi anak<u>nya</u> tiga.」（Dewi女士有三個小孩。）
3. 形成副詞，例如：「biasa<u>nya</u>」（通常）、「agak<u>nya</u>」（大概）、「rupa<u>nya</u>」（看起來）、「umum<u>nya</u>」（一般而言、一般）等等。

練習一下（二）：請翻譯下列句子。

1. Budi是我的印尼朋友。他人很熱情。（ramah 熱情）

2. 我喜歡去夜市，因為它的食物很好吃，（而且）它的價格便宜。

3. 先生，（您的）工作是什麼？

4. Tahu bau di Taiwan baunya tidak sedap, tapi rasanya enak.
   （tahu bau 臭豆腐）

5. Indahnya pemandangan di pantai ini.

6. Waduh, jauhnya rumah itu!（waduh 哇，表達驚訝）

Kosakata Penting　重要詞彙：

MP3-08

Buah-buahan　水果

apel	蘋果	asam jawa	羅望子	avokad / alpokat	酪梨
anggur	葡萄	belimbing	楊桃	blewah / melon	哈密瓜
buah	果實、水果	buah naga	火龍果	cempedak	小波羅蜜
ceri	櫻桃	delima	石榴	duku langsat	杜古果
durian	榴槤	jambu biji 芭樂（番石榴）		jambu air	蓮霧
jeruk / oren	橙	jeruk bali	柚子	jeruk bali merah	葡萄柚
jeruk nipis	檸檬	kedondong	番橄欖	kelapa	椰子
kesemek	柿子	kiwi	奇異果	kolang kaling	棕櫚果
kumkuat	金桔	leci	荔枝	lengkeng	龍眼
limau	柑橘類	mangga	芒果	manggis	山竹
markisa	百香果	nanas	鳳梨	nangka	波羅蜜
pepaya	木瓜	persik	水蜜桃	pisang	香蕉
pir	梨	rambutan	紅毛丹	salak	蛇皮果
sawo	人參果	semangka	西瓜	sirsak	刺果番荔枝
srikaya	釋迦	stroberi	草莓		

Sayur-sayuran 蔬菜

akar teratai	蓮藕	asparagus	蘆筍	bawang bombai	洋蔥
bawang merah	紅蔥頭	bawang perei	青蔥	bawang putih	蒜頭
bayam	莧菜	bengkuang	豆薯	brokoli	青花菜
buncis	四季豆	cabai	辣椒	daun bawang	青蔥
daun kemangi	九層塔	daun ketumbar	香菜	daun seledri	芹菜
daun ubi jalar	地瓜葉	jagung	玉米	jahe	薑
jamur	香菇	kacang panjang	長豆	kacang polong	豌豆
kacang tanah	花生	kangkung 空心菜		kembang kol	花椰菜
kentang	馬鈴薯	keladi / ubi talas	芋頭	kol	高麗菜
kubis	捲心菜	kucai	韭菜	kunyit	薑黃
lobak	白蘿蔔	labu	南瓜	lengkuas	南薑
mentimun / timun 黃瓜		paprika	青椒	rebung	筍
sawi hijau	小白菜	sawi putih 大白菜		selada	生菜
singkong	樹薯、木薯	tauge	豆芽	terong	茄子
tomat	番茄	ubi jalar	地瓜	wortel	紅蘿蔔

Bumbu-bumbu 調味料

arak	米酒	cuka	醋	bubuk cabai	辣椒粉
bubuk kari	咖哩粉	garam	鹽	gula	糖
kayu manis	肉桂	kecap manis	甜醬油	kecap asin	醬油
lada hitam	黑胡椒	lada putih	白胡椒	minyak	油
minyak wijen	芝麻油	penyedap rasa (sasa) 味素		sambal	辣椒醬
santan	椰漿	saus	醬	saus tiram	蠔油
taoco	豆瓣醬	wijen	芝麻		

 小提醒

1. 「arak」也泛指酒類。
2. 「味素」的「sasa」是口語的說法，或說成「mecin」。有時候也會直接寫成化學名稱「Monosodium Glutamat」（MSG）。
3. 「cabai」通常在口語時會用「cabe」。

4 Latihan 測驗一下：

A. 聽力練習： 🔊 MP3-09

Dengarkan percakapan lalu isilah tempat yang kosong.
請聆聽對話，並在空格處填上答案。

Buah-buahan di Indonesia

Suria:　Dari mana, Bu Dewi?

Dewi:　Oh, Mas Suria. Tadi ke (1)＿＿＿＿＿＿＿＿＿.

Suria:　Begitu. Durian ini (2)＿＿＿＿＿＿＿?

Dewi:　(3)＿＿＿＿＿＿＿＿. Kira-kira 100.000 Rupiah.

Suria:　Saya ingin sekali makan manggis hari ini. (4)＿＿＿＿＿＿＿＿＿＿＿＿?

Dewi:　Maaf, (5)＿＿＿＿＿＿＿.

Suria:　Bagaimana dengan harga buah-buahan di sini?

Dewi:　Buah-buahan di sini (6)＿＿＿＿＿＿＿.

Terjemahkan jawaban di atas. 請翻譯上述聽力練習。

印尼的水果

Suria：從哪來，Dewi女士？

Dewi：喔，Suria大哥。(1)＿＿＿＿＿＿＿。

Suria：是那樣。(2)＿＿＿＿＿＿＿?

Dewi：(3)＿＿＿＿＿＿＿。差不多十萬印尼盾。

Suria：我今天好想吃山竹。(4)＿＿＿＿＿＿＿＿＿＿?

Dewi：抱歉，(5)＿＿＿＿＿＿＿。

Suria：這裡水果的價格怎麼樣？

Dewi：這裡的水果，(6)_____。

B. 翻譯練習：

Terjemahkan kalimat di bawah ini ke dalam bahasa Indonesia.
請將下列句子翻譯成印尼語。

(1) 你喜歡吃什麼水果？

　　我喜歡吃山竹和芒果。

(2) 如果去菜市場，你通常買什麼？

　　我通常買香蕉和蒜頭。

(3) 我喜歡吃水果，因為味道很甜。

(4) 這衣服真美啊！

(5) 要買哪一個？長的還是短的？

(6) 我下次會再來。

C. 口語練習

Wawancarailah teman Anda dengan pertanyaan di bawah ini.
用下列的問句訪問您的朋友。

(1) Kalau kamu di Indonesia, paling suka buah yang mana?

(2) Durian dan manggis, kamu suka yang mana?

(3) Apa kamu pernah pergi ke Indonesia?

(4) Kota yang mana pernah kamu pergi?

D. 寫作練習：

Buatlah sebuah karangan berjudul "Buah-buahan yang Paling Saya Suka".
寫一篇作文，題目是「我最喜歡的水果」。

 好歌大家聽

1. 兒歌：Buah Apa Itu
2. 歌手：Fian Ali
   歌曲：Semakin Benci Semakin Rindu
3. 歌手：Five Minutes
   歌曲：Semakin Ku Kejar Semakin Kau Jauh

 你說什麼呀！？　 MP3-10

A: Bro, ikut makan-makan dong! 走吧，跟我們去吃東西啦！

B: Bokap nyokap gw ada di rumah, gw gak bisa pulang malem2.
　　我爸媽在家，我不能太晚回家。

bokap = ayah　爸爸

nyokap = ibu　媽媽

malem2 = malam-malam　太晚

不可不知的印知識

拖拉查（Toraja）的葬禮與生死觀

　　在印尼有一個地方，在家人死後，不會急著把他們下葬，而是會將他們進行防腐處理，放在家裡的房間裡。他們認為家人並沒有死去，只是在休息。假如家族裡有人願意出錢舉辦葬禮，葬禮就會像舉辦節慶或嘉年華，氣氛相當歡樂。

　　這地方叫做托拉查（Toraja），是印尼蘇拉威西島（Sulawesi島；俗稱K島）的一個少數民族保留區，至今留有原住民的建築特色——船屋，當地的托拉查人將房屋的屋頂，建造成像是船的形狀。托拉查這個地方雖然在山上，可是相傳他們的祖先是發生洪水時搭船過來的，所以船屋有著慎終追遠的意思。在船屋的設計與花紋上，隱含著族人之間的階級性，階級較高的族人才能以紅漆裝飾自己的屋子。

　　牛在托拉查是非常高貴的動物，是他們的保護神，因此在船屋上常常能看到屋主用牛角排列成裝飾品，牛角越多，代表主人家越富貴。仔細看船屋上，有些人家會用泥塑成牛頭的形狀，掛在船屋的屋前，也會在船屋上擺放刻有牛的雕飾。在葬禮時，牛更是重要的祭品，他們會在葬禮時，活生生宰殺牛隻，分送給與會嘉賓。因此如果來到托拉查，一定要參觀他們的牛拍賣市場，一大早人們牽著牛在此販賣，數以百計的牛隻和豬隻絕對讓您大開眼界。

　　相較於華人文化認為墳場是極陰之地，但是在托拉查，他們認為死亡不是一件可怕或令人難過的事情，墓穴更是當地的旅遊景點之一。當地的貴族會把死者放置在石壁開鑿的洞穴裡，並且依照死者外觀，以木頭刻成人像擺在洞穴外，讓死者死後依然可以俯瞰子孫。在每年八月時，死者的親人會把死者重新挖掘出來，替他們換上新衣，重新打扮，並且繞村子一圈，以茲紀念。

　　走過一趟托拉查，對於死亡，您將有另外一種體會與詮釋。

 你知道嗎？

在印尼因為盛產水果，因此有機會的話一定要吃吃看印尼的本地水果。榴槤是果中之王，印尼的榴槤很香、比較小，味道跟在台灣吃到的泰國榴槤非常不一樣。另一個就是蛇皮果，外皮像蛇皮一樣，剝開之後有很脆的果仁。除了水果很多，跟水果相關的產品也很多，新鮮果汁在印尼到處可見，而且甜度很夠喔！在印尼喝果汁通常可以「一杯變三杯」，因為很甜，可以一邊喝一邊加白開水，所以非常划算！

Pelajaran 3

Berbelanja: Masih ada warna lain?
購物：還有其他顏色嗎？

生活智慧

Habis manis, sepah dibuang.
過橋抽板（過河拆橋）。

學習重點

1. 學習在印尼購買日用品，並選擇付費方式的說法。
2. 學習生活用品、顏色、尺寸等的說法。
3. 學習文法：學習介係詞「menjelang」（接近、將至）的用法。
4. 學習文法：學習程度副詞「paling」（最）、「lebih」（比較）、「tidak begitu」（沒那麼）、「paling tidak」（最不）的用法。
5. 學習文法：學習介係詞「kepada」（給、於）的用法。
6. 學習文法：學習連接詞「maka」（於是、因此）的用法。
7. 學習文法：學習「名詞後綴-an」的意思與功能。
8. 閱讀短文：「Berbelanja di Pasar Tradisional」（在傳統市場購物）。

1 Masih ada warna lain? 還有其他顏色嗎？

🔊 MP3-11

Menjelang hari raya Idulfitri, Ibu Dewi pergi ke Pasar Beringharjo untuk berbelanja karena dia ingin membeli pakaian kepada suaminya, maka suaminya ikut bersama.

Dewi: Ada baju batik, Pak?

Penjual: Tentu saja ada, desainnya bermacam-macam.

Dewi: Kalau warna biru, apakah ada ukuran yang paling besar?

Penjual: Sebentar ya, saya cari. Maaf Bu, warna birunya sudah habis.

Dewi: Masih ada warna yang lain?

Penjual: Warna merah dan warna kuning masih ada.

Dewi: Saya tidak begitu suka warna merah. Saya lebih suka warna kuning.

Penjual: Ya, warna kuning lebih cocok dengan Bapaknya.

Suami: Bisa bayar pakai kartu kredit?

Penjual: Maaf, tunai saja.

重點生字！

menjelang	接近、將至	hari raya Idulfitri	開齋節	pakaian	服裝、衣物
kepada	給、於	maka	於是、因此	ikut	跟隨
tentu saja	當然	desainnya	設計	warna	顏色
ukuran	尺寸	paling	最	cari	找
biru	藍色	habis	完、結束	lain	其他
kuning	黃色	begitu	那麼、那樣	cocok	合適
bayar	付（錢）	pakai	使用	kartu kredit	信用卡
tunai	現金				

 小提醒

「menjelang」的字根是「jelang」（接近）；「pakaian」的字根是「pakai」（穿、用）；「desainnya」的字根是「desain」（設計）；「ukuran」的字根是「ukur」（測量）。

中文翻譯：

開齋節即將到來，Dewi女士去博林哈左市場購物。因為她想要買衣服給她的丈夫，於是她丈夫也跟著一起去。

Dewi： 先生，（請問）有賣蠟染衣嗎？

攤販： 當然有，有很多種設計。

Dewi： 如果是藍色，有最大尺寸的嗎？

攤販： 等一會兒，我找一下。抱歉，女士，藍色沒了（賣完了）。

Dewi： 還有其他顏色嗎？

攤販： 還有紅色和黃色。

Dewi： 我沒那麼喜歡紅色，我比較喜歡黃色。

攤販： 是啊，黃色比較適合先生。

丈夫： 可以用信用卡付款嗎？

攤販： 抱歉，只能用現金。

 文法真簡單（一）：

1 介係詞「menjelang」（接近、將至）的用法：

這是用在時間上的介係詞，意思和用法皆類似英語的「*approaching*」。

例如

- Menjelang lebaran, banyak orang membeli baju baru.
  開齋節將至，很多人買新衣服。
- Menjelang tahun baru, kita membeli baju baru.
  新年將至，我們買了新衣服。

2 程度副詞「paling」（最）、「lebih」（比較）、「tidak begitu」（沒那麼）、「kurang」（不太）、「paling tidak」（最不）的用法：

印尼語的程度副詞相當多，例如「paling」、「lebih」、「kurang」、「tidak begitu」、「paling tidak」，用來表達不同程度的喜好或感情。

例如

- Saya paling suka warna merah.　　　　　我最喜歡紅色。
- Saya lebih suka makan soto ayam.　　　 我比較喜歡吃雞湯。
- Saya tidak begitu suka mi bakso.　　　　 我沒那麼喜歡肉丸麵。
- Saya kurang suka masak.　　　　　　　我不太喜歡煮。
- Saya paling tidak suka warna kuning.　　 我最不喜歡黃色。

3 介係詞「kepada」（給、於）的用法：

　　「kepada」和「ke」（去）相似，皆有方向性的含意，但是介係詞「ke」使用的對象是「地方」，而「kepada」的對象則是「人」，通常用在對某個人說「berkata」（說）、問某件事「bertanya」（問）的時候。

(例如)

- Saya pergi ke pasar untuk membeli baju kepada ayah.　我去市場買衣服給爸爸。
- Dia bertanya kepada saya, "Kamu di mana?"　　　　　他問我：「你在哪裡？」

4 連接詞「maka」（於是、因此）的用法：

　　印尼語中的結果連接詞有好幾個，例如「jadi」（所以）已經在第一冊第九課介紹過。本課介紹的「maka」，用法類似英語的「*ergo*」、「*therefore*」、「*then*」。

(例如)

- Saya pikir dia tidak mau pergi, maka saya tidak mengajak dia.
  我想他不要去，因此我沒約他。
- Saya berpikir, maka saya ada.　　　　　我思故我在。

5 「habis」（完、結束、完成、之後）的用法：

　　「habis」有動詞、名詞和副詞三種用法，因此是一個可以表達很多概念的詞彙。另外，「habis itu」（在那之後）的用法和意思則如同英語的「*after that*」，也與「setelah itu」（在那之後）同義。

例如

- Uang saya sudah <u>habis</u>.　　　　　　　我的錢用完了。
- <u>Habis</u> sekolah, mau ke mana?　　　　　學校結束（下課）後，要去哪？
- <u>Habis itu</u>, saya mau pulang.　　　　　　在那之後，我要回家。

補充生字：

bertanya	問	pikir	想	mengajak	邀請

小提醒

1. 連接詞「maka」（於是、因此）在口語上也可以說成「makanya」。
2. 「habis」經常也指東西賣完了，例如：「terjual habis」（售罄）。
3. 「tentu saja」（當然），是「tentu」（確定）加上「saja」（只）的特定用法，形成「當然」的意思。「tentu」有形容詞「確定」以及副詞「肯定」的意思。若是當作副詞時，則有另一個常見的字「pasti」（確定）。

練習一下（一）：請翻譯下列句子。

1. 媽媽要買衣服給爸爸。

2. 我比較喜歡用信用卡。

3. 我最喜歡紅色的衣服。

4. 還有其他尺寸嗎？

5. 吃完了（之後），要喝什麼？

6. Mengapa baterai hp saya cepat habis?（baterai 電池；cepat 快）

7. Tentu saja, saya akan pergi.

8. Saya harus berterima kasih kepada ibu saya.

Berbelanja Di Pasar Tradisional 在傳統市場購物

MP3-12

Kamu lebih suka berbelanja di pasar tradisional atau toko swalayan? Kalau mau membeli buah-buahan dan sayuran yang segar dengan harga yang murah, lebih baik kamu mampir ke pasar tradisional. Kalau kamu di Jakarta, kamu bisa pergi ke Pasar Kramat Jati yang terletak di Jakarta Timur. Ratusan penjual menjajakan barang dagangannya dari pagi sampai malam di sana. Setelah berbelanja di pasar, biasanya kita merasa lapar dan ingin beristirahat sebentar. Warung makan di sekitar pasar pun menjadi tujuan kita karena jajanan di sekitarnya juga enak-enak.

 重點生字！

pasar tradisional	傳統市場	toko swalayan	便利商店	ratusan	數以百計
penjual	攤販	menjajakan	販賣	barang	物品
dagangan	商品	merasa	覺得	lapar	餓
beristirahat	休息	pun	也、也就、便	menjadi	成為
tujuan	目的地	jajanan	小吃		

✿ 短文翻譯：

你比較喜歡在傳統市場購物，還是在超市？如果要用便宜的價格購買新鮮的水果和蔬菜，去傳統市場比較好。如果你在雅加達，你可以去位於東雅加達的格拉瑪賈緹市場。數以百計的攤販從早到晚在這裡販賣他們的商品。在市場購物之後，通常我們會覺得餓，想要休息一下。在市場附近的餐廳便成為我們的目的地，因為在市場附近的小吃也都很好吃。

小提醒

「ratusan」的字根是「ratus」（百）；「penjual」的字根是「jual」（賣）；「menjajakan」的字根是「jaja」（販賣）；「dagangan」的字根是「dagang」（貿易）；「merasa」的字根是「rasa」（感覺）；「beristirahat」的字根是「istirahat」（休息）；「tujuan」的字根是「tuju」（往）；「jajanan」的字根是「jajan」（糕點）。

文法真簡單（二）：名詞後綴「-an」

　　印尼語中主要的詞性變化，採用前綴、後綴、或環綴。在字根加上不同的前綴、後綴或環綴之後，可以形成副詞、動詞、形容詞或名詞。在印尼語的學習中，這些前、後綴的學習相當重要。

　　印尼語的名詞，有一些是在動詞或形容詞之後加上後綴「-an」演變而來的。這些加上後綴「-an」之後所形成的名詞，有以下功能：

1 表示「動作的成果或結果」：

例如
- Tulisan anak saya bagus sekali.　　　　我小孩的字（寫得）很好。
- Coba minta bantuan.　　　　　　　　試著尋求幫助。

2 表示「與動作相關的物質、與形容詞相關的物品」：

例如
- Makanan itu enak sekali.　　　　　　那食物很好吃。
- Saya suka makan manisan mangga.　　我喜歡吃芒果蜜餞。

3 重複性的字根加上「-an」，可變成「物品的總稱」：

例如
- Saya suka makan sayur-sayuran.　　　我喜歡吃蔬菜。
- Saya suka makan buah-buahan.　　　　我喜歡吃水果。

小提醒

後綴「-an」還有其他的功能，例如：
A. 表示「週期性的」：「harian」（每日的）、「mingguan」（一週的）、「bulanan」（每個月的）、「tahunan」（年度的）。
B. 表示「包含（字根的）複數性質」：「rambutan」（紅毛丹）、「durian」（榴槤）。
C. 表示「總和或總數（數字相關）」：「puluhan」（數十個）、「ratusan」（數以百計）、「ribuan」（數以千計）。
D. 可以形成「副詞」：「besar-besaran」（大肆地）、「mati-matian」（拚命地）、「habis-habisan」（詳盡地）。
E. 表示「玩具或仿真實的物品」：「mobil-mobilan」（玩具車）、「orang-orangan」（稻草人）、「kuda-kudaan」（木馬）。

練習一下（二）：請翻譯下列句子。

1. 臭豆腐是台灣的小吃。（tahu bau 臭豆腐）

2. 在冬天，我通常喜歡（喝）熱飲。

3. 那個兒童玩具很貴。（main 玩）

4. 我喜歡日本料理。（masak 煮）

5. Yang mana pilihan yang lebih baik?（pilih 選擇）

6. Kamu harus coba buah-buahan di Indonesia.

7. Bakso adalah jajanan khas Indonesia.

8. Saya memiliki harapan yang tinggi.（memiliki 擁有；harap 希望）

Kosakata Penting 重要詞彙：

MP3-13

Warna 顏色

abu-abu	灰色	biru	藍色	biru muda	淺藍色
biru tua	深藍色	cokelat	褐色	hijau	綠色
hitam	黑色	kuning	黃色	merah	紅色
merah jambu	粉紅色	oranye	橘色	putih	白色
ungu	紫色	warna emas	金色	warna gelap	深色
warna muda	淺色	warna perak	銀色	warna-warni	彩色

Pakaian 服裝

bra / BH	胸罩	busana	服裝	baju batik	蠟染衣
baju renang	泳裝	celana dalam	內褲	celana	褲子
cucian	要洗的衣物	gaun	連身裙	ikat pinggang	腰帶
jaket	外套	jas hujan	雨衣	jas pria	男士西裝
jilbab / hijab	頭巾	kancing	鈕扣	kaus oblong	圓領汗衫
kaus kaki	襪子	kemeja	襯衫	kerah	領子
mantel	外套	rok	裙子	rompi	背心

 小提醒

1. 橘色或橙色也可以用「jingga」；灰色也可以用「kelabu」。
2. 淺色會用「muda」（年輕、淺）來搭配，例如：「biru muda」（淺藍色）。而深色則用「tua」（老、深色），例如：「biru tua」（深藍色）。

sabuk	腰帶	sandal	拖鞋	sarung	沙龍
sepatu	鞋子	setelan	套裝		

Barang harian 日常用品

bagasi	行李箱	boneka	娃娃	buku	書
dompet	錢包	jam tangan	手錶	gunting	剪刀
kacamata	眼鏡	kacamata hitam	墨鏡	kamus	辭典
kantong	袋子	kantong plastik	塑膠袋	kantong sampah	垃圾袋
koper	公事包	koran	報紙	korek	打火機
kunci	鑰匙	lilin	蠟燭	majalah	雜誌
odol gigi	牙膏	parfum	香水	payung	傘
pisau	刀子	ransel	背包	rokok	香菸
sabun	肥皂	sampo	洗髮精	senter	手電筒
sikat gigi	牙刷	sisir	梳子	tas	提包

Perhiasan 飾品

anting-anting	耳環	bando	髮箍	bros	胸針
cincin	戒指	dasi	領帶	gelang	手環
jepit rambut	髮夾	kalung	項鍊	karet rambut	髮束
kopiah	圓頂帽	kosmetik	化妝品	kuku palsu	假指甲
lipstik	口紅	mutiara	珍珠	selendang	披肩、圍巾
syal	圍巾	topi	帽子	topi jerami	草帽
topi rajut	毛帽				

4 Latihan 測驗一下：

A. 聽力練習： 🔊 MP3-14

Dengarkan percakapan lalu isilah tempat yang kosong.
請聆聽對話，並在空格處填上答案。

Berbelanja di Mal Mangga Dua.

Pegawai toko:　Ada yang bisa saya bantu?

Dewi:　　　　Saya mau (1)_____.

Pegawai toko:　Sekarang ada promo, beli dua gratis 1.

Dewi:　　　　(2)_____?

Pegawai toko:　Sebentar ya, saya cek dulu.

　　　　　　　Mbak, kalau (3)_____ ukurannya tinggal S dan XL saja.

Dewi:　　　　Oh begitu, kalau (4)_____?

Pegawai toko:　Kalau yang itu ada.

Dewi:　　　　Ya, sudah. Saya (5)_____.

　　　　　　　Bisa (6)_____?

Pegawai toko:　Bisa.

Terjemahkan jawaban di atas. 請翻譯上述聽力練習。

在「兩顆芒果」購物中心購物。

店員：有什麼我可以幫忙的嗎？

Dewi：我要(1)_____。

店員：現在有促銷，買二送一。

Dewi：(2)_____？

店員：等一下喔，我先檢查。小姐，(3)＿＿＿＿＿＿＿＿只剩下S和XL而已。

Dewi：喔，這樣啊！那如果是(4)＿＿＿＿＿＿＿＿呢？

店員：如果是那個還有。

Dewi：好吧。(5)＿＿＿＿＿＿＿＿。可以(6)＿＿＿＿＿＿＿＿嗎？

店員：可以。

B. 翻譯練習

Terjemahkan kalimat di bawah ini. 請翻譯下列句子。

(1) 你最喜歡穿戴什麼帽子？

　　我最喜歡穿戴草帽。

(2) 這裡有黑色圓領襯衫嗎？

　　當然有，但是黑色賣完了。

(3) 有其他顏色嗎？

(4) 如果深藍色，還有。

(5) 印尼的食物和飲料很好吃。

(6) 我喜歡吃印尼料理。

(7) Barang dagangan di pasar murah sekali.

(8) Ini pilihan yang paling baik sepanjang hidup saya.

C. 口語練習

Wawancarailah teman Anda dengan pertanyaan di bawah ini.

用下列的問句訪問您的朋友。

(1) Ada ukuran lain?

(2) Yang ini masih ada?

(3) Kalau ibu, lebih suka yang mana?

(4) Bisa bayar pakai kartu kredit?

D. 寫作練習：

Buatlah sebuah karangan berjudul "Pergi Berbelanja di Pasar".

寫一篇作文，題目是「到市場去購物」。

 好歌大家聽

1. 歌手：Kunto Aji 　 歌曲：Terlalu Lama Sendiri	3. 歌手：Leshia 　 歌曲：Baper
2. 歌手：Winner 　 歌曲：Lebih Baik Putus	

你說什麼呀！？　　🔊 MP3-15

A: Eh, lu. Kenapa sih diam aja?　　欸。你怎麼這麼安靜？

B: Lagi baper gua.　　我很憂鬱。

* 「baper」是來自「bawa perasaan」，意思指「小題大作」、「多愁善感」、「情緒化」、「自作多情」等。

不可不知的印知識

印尼最流行的音樂：蕩突（Dangdut）

　　蕩突是印尼很流行的音樂類型，其特色是音樂元素很多元，除了具有馬來風味，也有印度和中東音樂的感覺。在音樂的表演上，一般會有一位主唱（女主唱居多），然後搭配現場音樂伴奏。

　　蕩突在印尼的起源可追溯到大約西元600年時，當時阿拉伯商人將伊斯蘭教傳入印尼，同時也帶來了印度、東南亞群島、阿拉伯等地方的文化，漸漸形成這特殊的音樂類型。近代蕩突的發展大約從1970年開始，受到西方的影響，也會搭配電子吉他、爵士鼓、電子琴等樂器。

　　而蕩突的另一個特色是，主唱通常會隨著音樂的節奏搖擺，在印尼語稱作「goyangan」（搖擺）。女主唱會穿著緊身的舞衣，在台上賣力地搖擺。如果有

機會看到蕩突的表演，肯定讓您大開眼界，也會有些親切感，因為和台灣的電子花車秀類似，而且有過之而無不及。在印尼，一些族群的婚宴或重大節日中，或是大規模的集會，甚至政黨活動，通常都會有蕩突的表演。因此，蕩突可說是印尼社會最普遍的音樂表演節目。

在印尼流行音樂界，不時都會選出最著名的蕩突歌曲。要成為最有名的蕩突，有幾個要素，其一、歌詞要貼近庶民生活；其二、搖擺（goyangan）必須很厲害。在此為您介紹紅遍印尼大街小巷的歌手「Cita Citata」的〈這裡很痛！〉（Sakitnya Tuh Di Sini）以及〈來搖擺吧！〉（Goyang Dumang），到youtube搜尋，就看得到喔！

 你知道嗎？

蠟染（Batik）是馬來和印尼群島的傳統手工藝術。在2009年10月2日，印尼的蠟染藝術被聯合國教科文組織列為非物質文化遺產。此後，印尼將每年10月2日訂為蠟染日（Hari Batik）。蠟染衣也可說是印尼的國民服飾，許多國營企業的制服就是蠟染衣。此外，每個禮拜五，許多公務員、學生、私人企業的職員都會穿上蠟染衣。因此，如果您想要快速融入印尼社會，衣櫃裡一定要有幾件蠟染衣喔！

Pelajaran **4**

Tempat: Stasiun kereta api di mana?
地點：火車站位在哪裡？

Jauh di mata, dekat di hati.
但願人長久，千里共嬋娟。

學習重點

1. 學習在印尼詢問地點的位置。

2. 學習各種地點的說法。

3. 學習文法：學習連接詞「selain」（除了……此外）、「kecuali」（除了）、
   「termasuk」（包括）的用法。

4. 學習文法：學習連接詞「bukan saja...malah」（不只……而）。

5. 學習文法：學習距離介係詞「dari」（來自、自）、「dengan」（跟）的用法。

6. 學習文法：學習連接詞「lebih...daripada」（比……更）的用法。

7. 學習文法：學習形容詞前綴「ter-」的意思與功能。

8. 閱讀短文：「Berkunjung ke Monas」（到國家紀念碑參觀）。

Stasiun kereta api terletak di mana? 火車站位於哪裡？

🔊 MP3-16

Yu Ching berjalan-jalan berkeliling Jakarta supaya lebih mengenal Kota Jakarta.

Yu Ching: Permisi Pak, di mana letaknya Monas?

Tukang Bakso: Monas terletak di Jalan Medan Merdeka. Selain Monas, kamu juga bisa berkunjung ke Masjid Istiqlal.

Yu Ching: Di seberang masjid itu gedung apa?

Tukang Bakso: Itu Gereja Katedral, gereja Katolik tertua dan terbesar di Jakarta.

Yu Ching: Masjid dan gereja keduanya cukup megah dan besar ya.

Tukang Bakso: Jakarta bukan hanya ada mal saja, malah banyak lagi tempat yang menarik.

Yu Ching: Bagi saya, Jakarta lebih menarik daripada kota lain. Stasiun Gambir di mana?

Tukang Bakso: Stasiun Gambir tidak jauh dari Monas, dekat dengan Galeri Nasional Indonesia.

重點生字！

mengenal	認識	berkeliling	繞繞	letaknya / terletak	位於
selain	除了……之外、此外	berkunjung	拜訪、參訪	masjid	清真寺
seberang	對面	gedung	建築物	gereja	教堂
Katolik	天主教	tertua	最老	terbesar	最大
keduanya	這兩個	cukup	足夠	megah	雄偉
bukan hanya	不只是	mal	購物中心	malah	還、反而
bagi	對……而言	menarik	有趣	stasiun	火車站
jauh	遠	dekat	近、靠近	galeri	藝廊

小提醒

1. 「tukang bakso」是指賣肉丸的攤販或師傅，「tukang」是印尼社會中常見的職業稱呼，例如：「tukang becak」（三輪車伕）、「tukang parkir」（協助停車的人）等等。

2. 「mengenal」的字根是「kenal」（認識）；「berkeliling」的字根是「keliling」（附近）；「letaknya」和「terletak」的字根是「letak」（放）；「menarik」的字根是「tarik」（拉）。

3. 課文中的「supaya」是連接詞，意思是「以便」。詳細內容請參閱第一冊第182頁的說明。

4. 課文中的「dengan」是連接詞，近似「跟」的意思。詳細內容請參閱第一冊第159-160頁的說明。

🌸 中文翻譯：

語青在雅加達走走繞繞以便更認識雅加達。

語青：　　　不好意思，先生，請問國家紀念碑位在哪裡？

肉丸攤販：國家紀念碑位於獨立廣場路。除了國家紀念碑之外，你也可以去參觀伊斯迪卡清真寺。

語青：　　　在清真寺對面的建築物是什麼？

肉丸攤販：那是卡特德拉教堂，雅加達最老和最大的天主教堂。

語青：　　　清真寺和教堂，這兩個都很雄偉和偉大。

肉丸攤販：雅加達不只是有購物中心而已，反而還有很多有趣的地方。

語青：　　　對我來說，雅加達比其他的城市還更有趣。嘎比站在哪裡？

肉丸攤販：嘎比站離國家紀念碑不遠，靠近印尼國家藝廊。

文法真簡單（一）：

1 連接詞「selain」（除了……之外、此外）的用法：

連接詞「selain」有「此外」、「除了……之外」的意思。與另外一個連接詞「kecuali」（除了）不同的地方在於「selain」有「包含在內」的意思，而「kecuali」則是「不包含在內」。與這兩個連接詞相關的單字就是「termasuk」（包含）。

例如

• Selain saya, semua sudah pulang.　　除了我回家以外，大家（也）都已經回家了。
• Saya makan apa saja, kecuali durian.　我什麼都吃，除了榴槤。
• Semua sudah pulang, termasuk saya.　大家都回家了，包括我。

2 對等連接詞「bukan saja...malah」（不只……還、甚至、而是）的用法：

對等連接詞「bukan saja...malah」的用法是：「主詞＋bukan saja...malah」（不只……還、甚至），也就是用連接詞來連結兩個對等的單字。

例如

• Bukan saja saya, malah Budi juga tidak suka makan tahu bau.
  不只是我，Budi也不喜歡吃臭豆腐。
• Musim panas di Taiwan bukan saja panas, malah lembap.
  台灣的夏天不只是熱，還很潮濕。

連接詞「malah」（還、反而）有「更進一步、甚至」的意思，不一定要搭配「bukan saja」（不僅），可以單獨使用。

例如

• Meskipun sudah memakai jaket, dia tidak merasa panas, malah merasa dingin.
  雖然已經穿了外套，他不覺得熱，反而覺得冷。

3 比較連接詞「lebih...daripada」（比……更）的用法：

比較連接詞「lebih...daripada」通常會搭配形容詞使用，用來比較兩者。

例如

- Jakarta lebih maju daripada kota lain.　　　　雅加達比其他城市更進步。
- Wati lebih cantik daripada Ayu.　　　　　　　Wati比Ayu更漂亮。

4 「keduanya」（這兩個）的用法：

「kedua」這個字其實有兩個意思，一個是序號「第二」的意思，用法是「名詞＋kedua」；另一個是「這兩個」的意思，用法是「kedua＋名詞」。而「keduanya」中的「-nya」，則是後綴「-nya」取代了（前述的）名詞。

例如

- Saya anak kedua di keluarga saya.　　　　　　我是排行第二的小孩。
- Kedua anak ini sangat pandai.　　　　　　　　這兩個小孩很聰明。
- Ini nasi goreng dan tempe goreng. Keduanya makanan khas Indonesia.
  炒飯和炸黃豆餅，這兩個（食物）都是印尼特色美食。

5 介係詞「bagi」（為了、對……而言）的用法：

「bagi」是常見的介係詞，通常用來表達某個人和某件事的關聯，或是對某件事的看法或意見，類似「對……而言」的意思。

例如

- Bagi saya tidak penting dia datang atau tidak.　對我來說，他來不來不重要。
- Bagi Anda yang tidak suka buah, sebaiknya pikir-pikir lagi.
  對於不喜歡水果的您，最好再想想。

6 「jauh dari...」（離……遠）、「dekat dengan...」（靠近……）
的用法：

　　在描述地方的距離時，我們可以直接用「jauh」（遠）和「dekat」（近）來
描述，但是也可以加上介係詞，來標記地理位置的距離。

例如

- Jakarta jauh dari Taiwan, malah dekat dengan Singapura.
  雅加達離台灣很遠，卻靠近新加坡。

- Stasiun Gambir tidak jauh dari Monas, dekat dengan Galeri Nasional Indonesia.
  嘎比站距離國家紀念碑不遠，靠近國家藝廊。

 小提醒

　　「bagi」（為了）也會用來表達行為的理由或對象，如同「untuk」（為了），但
是一般來說，表達「為了」的時候，比較常使用「untuk」。

練習一下（一）：請翻譯下列句子。

1. Hervin berjalan lebih lambat daripada Siti.（lambat 慢）

2. Saya lebih suka tinggal di Bandung daripada di Jakarta.

3. Saya pernah makan semua buah-buahan di Indonesia kecuali durian.

4. Musim dingin di Taiwan bukan saja dingin, malah lembap.（lembap 潮濕）

5. 這兩本書都很好。

6. 這兩個食物我都喜歡。

7. 基隆離台北不遠。

8. 我學印尼語比他快。（cepat 快）

2 Berkunjung ke Monas 到國家紀念碑去參觀

🔊 MP3-17

Monumen Nasional atau biasa disebut Monas identik dengan Kota Jakarta. Monas letaknya di Jalan Medan Merdeka dan menjadi tempat wisata terkenal di Kota Jakarta. Tugu Monas yang terletak di pusat Kota Jakarta ini sangat menarik bagi warga Jakarta dan sekitarnya.

Di arah timur laut Monas, ada sebuah masjid terbesar di Asia Tenggara, yaitu Masjid Istiqlal. Di seberang masjid itu, ada sebuah gereja Katolik tertua dan terbesar di Jakarta, yaitu Gereja Katedral. Di sebelah selatan, terdapat Kantor Gubernur Jakarta. Di sebelah barat, ada gedung Radio Republik Indonesia (RRI). Tidak jauh dari RRI, ada Istana Negara.

Monas dibuka setiap Senin sampai Jumat pada jam 8:30 pagi sampai jam 5 sore. Kalau Anda pergi ke Jakarta, jangan lupa berkunjung ke Monas.

🌸 重點生字！

biasa	一般	disebut	被稱作	identik	相同
terkenal	著名	tugu	碑	warga	公民
timur laut	東北方	selatan	南方	barat	西方
dibuka	開放				

🌸 **短文翻譯：**

「國家紀念碑」（Monumen Nasional）或者通常被稱作為「Monas」，是雅加達的地標。國家紀念碑位於獨立廣場路，是雅加達的著名旅遊景點。對於雅加達和周邊的市民來說，這個位於雅加達市中心的國家紀念碑，非常有趣。

在國家紀念碑的東北邊，有一座東南亞最大的清真寺，也就是伊斯迪卡清真寺。在那清真寺的對面，有一座雅加達最老和最大的天主教堂，也就是卡特德拉教堂。在南方，有雅加達省長辦公室。在西邊，有印尼國家電台。離印尼國家電台不遠處，有印尼總統府。

國家紀念碑在每週一到週五，上午八點半到下午五點開放。如果您去雅加達，別忘了去參觀國家紀念碑。

小提醒

1. 幾個特殊的地點是：「Jalan Medan Merdeka」（獨立廣場路）、「Kantor Gubernur Jakarta」（雅加達省長辦公室）、「Radio Republik Indonesia」（印尼國家電台）、「Istana Negara」（總統府）。
2. 「disebut」的字根是「sebut」（稱）；「dibuka」的字根是「buka」（開）。

文法真簡單（二）：前綴「ter-」

　　印尼語中主要的詞性變化，或構詞的方式，是採用「前綴」、「後綴」、或「環綴」。在字根加上不同的前綴或後綴之後，則可以形成副詞、動詞、形容詞或名詞。在印尼語的學習中，這些前、後綴的學習相當重要。我們已經學習過前綴「se-」、後綴「-nya」、後綴「-an」。

　　在這一課，我們還要學習一個最常見的形容詞前綴「ter-」。本課先介紹「ter-」的兩個功能：即一、形成最高級「最」的意思；二、表示某種被動式狀態。

1 形成最高級「最」的意思：

　　這個前綴「ter-」搭配形容詞之後，就形成最高級「最」的意思。其用法為「名詞＋ter＋形容詞」或者「名詞＋yang＋ter＋形容詞」，以形成「最（形容詞）的（名詞）」意思。

例如

• Gereja Katedral adalah gereja Katolik tertua dan terbesar di Jakarta.
　卡特德拉教堂是雅加達最老和最大的天主教堂。

• Budi adalah pelajar yang terpandai di kelas.　　　　　　Budi是班上最聰明的學生。

　　當「ter-」加上形容詞，形成「最高級」的意思時，與「paling」（最）的用法一樣。例如：

形容詞	中文意思	ter-前綴＋形容詞	paling＋形容詞	中文意思
baik	好	terbaik	paling baik	最好
baru	新	terbaru	paling baru	最新
cepat	快	tercepat	paling cepat	最快
murah	便宜	termurah	paling murah	最便宜

2 表示某種被動式狀態：

　　「ter-」有另一個功能是表示某種被動式狀態。這裡的被動式狀態，是印尼語中常見的文法，專指某些物件或地點的狀態。

例如

- Monas terletak di pusat kota Jakarta.　　國家紀念碑位於雅加達市中心。
- Di sana terdapat sebuah masjid.　　在那裡有一座清真寺。

　　上述兩種用法，在用法上與英語的被動式很相似。「terletak」（位於）可理解為英語中的「*located*」（位於），而「terdapat」（有著）可理解為英語的「*there is*」（有著）或「*there are*」（有著）的用法。

　　以下是一些「ter-」作為被動式狀態的例子：

terdapat	有著	terletak	位於	tertera	列舉的
tertulis	寫著的	termasuk	包括	terkenal	著名

 小提醒

前綴「ter-」還有其他至少三個功能，其中包括：
A. 不經意的動作，例如：「terlambat」（遲到）。
B. 被動式，表示不經意、不小心、不是自願的行為的被動式，例如：「tertipu」（被騙）。
C. 表達「能夠、可以被」：例如：「terdengar」（能夠被聽到）。

練習一下（二）：請翻譯下列句子。

1. Gunung tertinggi di dunia ini adalah Gunung Everest yang terletak di Pegunungan Himalaya.

2. Terdapat 2 ekor kucing di rumah saya.

3. Nasi uduk termasuk makanan yang terenak di Indonesia.

4. Roosevelt adalah presiden Amerika Serikat yang termuda dalam sejarah.

5. 他喜歡買最新的手機。

6. 你可以在市場買到最便宜的水果。

7. 這是峇里島最著名的餐廳。

8. 我的家位於台北市。

🌸 補充生字：

dunia	世界	pegunungan	山區	ekor	隻
presiden	總統	sejarah	歷史	dalam	裡、裡面

3 Kosakata Penting 重要詞彙：

🔊 MP3-18

Arah 方向

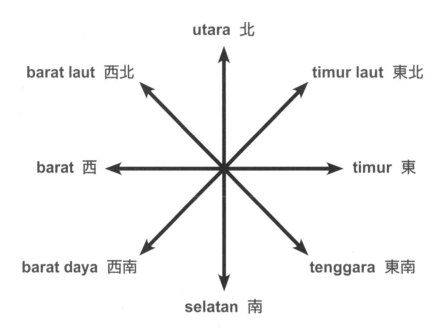

utara 北

barat laut 西北

timur laut 東北

barat 西

timur 東

barat daya 西南

tenggara 東南

selatan 南

Lokasi 位置

atas	上面	bawah	下面
dalam	裡面	luar	外面
belakang	後面	depan	前面
kanan	右	kiri	左
sebelah 邊/旁邊/隔壁		samping	旁邊
sisi	旁邊	tepi	旁邊
seberang	對面	antara	之間

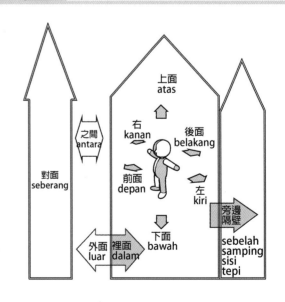

Tempat-tempat penting　重要地點

apotek	藥局	bank	銀行	bandara	飛機場
bioskop	電影院	candi	寺廟	gereja	教堂
halte bus	公車站牌	hotel	飯店	kafe	咖啡廳
kantor	辦公室	kantor polisi	警察局	kantor pos	郵局
kelenteng / kuil	廟	kebun binatang	動物園	klinik	診所
kursus les	補習班	mal	購物中心	masjid	清真寺
musala	祈禱室	pasar	市場	perpustakaan	圖書館
pom bensin	加油站	pusat kebugaran	健身中心	rumah makan	餐廳
rumah sakit	醫院	restoran	餐廳	salon	美髮店
sekolah	學校	stasiun kereta api	火車站	taman	公園
terminal bus	巴士總站	toko kelontong	雜貨店	toko swalayan	超市

4 Latihan 測驗一下：

A. 聽力練習： 🔊 MP3-19

Dengarkan percakapan lalu isilah tempat yang kosong.

請聆聽對話，並在空格處填上答案。

Pasar di mana?

A: Permisi, Pak. (1)_____?

B: Pasar letaknya (2)_____, di sebelah masjid.

A: Gedung di seberang masjid itu apa?

B: Itu (3)_____.

A: Ada (4)_____?

B: Ya, ada. Ada satu di (5)_____.

A: Terima kasih, Pak.

B: Sama-sama.

Terjemahkan jawaban di atas. 請翻譯上述聽力練習。

市場在哪裡？

A：先生，不好意思。(1)_____？

B：市場的位置(2)_____，在清真寺旁邊。

A：那個在清真寺的對面的建築物是什麼？

B：那是(3)_____。

A：這(4)_____嗎？

B：是的，有。有一個在(5)_____。

A：謝謝，先生。

B：不客氣。

B. 翻譯練習

Terjemahkan kalimat di bawah ini ke dalam bahasa Indonesia.

請將下列句子翻譯成印尼語。

(1) 郵局位在哪裡？

郵局位在圖書館的旁邊。

(2) 清真寺離這裡遠嗎？

清真寺離這裡不遠，很近而已。

(3) 如果你去雅加達，你要去哪裡？

我會去參觀國家紀念碑。

(4) 紅色這個比黑色那個更好。

(5) 這兩個都很棒。

(6) 你是這世界上最美麗的女人。

C. 口語練習

Wawancarailah teman Anda dengan pertanyaan di bawah ini.
用下列的問句訪問您的朋友。

(1) Terminal bus di mana?

(2) Apakah terminal bus jauh dari sini?

(3) Berapa lama bisa sampai kalau naik taksi?

D. 寫作練習：

Buatlah sebuah karangan bertema "Toko Kopi yang Paling Saya Suka".

寫一篇短文，題目是「我最喜歡的咖啡店」。

 好歌大家聽

1. 歌手：Cakra Khan
   歌曲：Harus Terpisah
2. 歌手：Isyana Sarasvati
   歌曲：Tetap Dalam Jiwa

 你說什麼呀！？　🔊 MP3-20

A: Tadi itu siapa? Pacar ya?　　剛才那個是誰？女朋友嗎？

B: TTM aja.　　　　　　　　曖昧對象而已。

* TTM = teman tapi mesra，意思是「雖然是朋友，但是更親密了些」，類似「友達以上，戀人未滿」。

去雅加達旅遊

　　印尼首都雅加達是一個歷史悠久的城市，早從十五世紀時開始，就沿著吉利翁河（Ciliwung）發展，從一個近出海口的地方慢慢發展起來，變成一個大都市。因為歷經不同殖民政權的管理，雅加達早期的名稱也有很多種，例如「巽他卡拉巴」（Sunda Kelapa）、「查雅加達」（Jayakarta）、「巴達維亞」（Batavia）等都是她曾經擁有的名字。因此，您可能會從各種公司行號的名稱看到過去雅加達的影子。

　　由於是首都，雅加達是首都特區（Daerah Khusus Ibukota Jakarta，DKI Jakarta），由印尼政府直接管轄，下分五市一縣，即東雅加達行政市（Jakarta Timur）、南雅加達行政市（Jakarta Selatan）、西雅加達行政市（Jakarta Barat）、北雅加達行政市（Jakarta Utara）、中雅加達行政市（Jakarta Pusat）和千島縣（Kepulauan Seribu）。因此，東、南、西、北四個方位的印尼語非常重要，一定要好好學習起來。

　　由於雅加達是金融和工商業的匯集地，或許很多人已經有機會到雅加達去看看了。在雅加達舊城區有好幾個旅遊景點，適合假日的時候去逛逛，其中包括：「國家紀念碑」（Monas）、「國家博物館」（Museum Nasional）、「印尼央行博物館」（Museum Bank Indonesia）等等。這些位在老城區的建築物，都還保留著荷蘭殖民時期的建築風格，值得去看看。

　　另外，如果對雅加達華人文化有興趣，也別錯過到雅加達唐人街（Glodok）街區。唐人街街區位於雅加達西方的答蔓莎里（Taman Sari）區，在老舊街區之間，隱約可感受到幾百年來印尼華人的生活軌跡，包括一些中國建築風格的房子以及寺廟。不過，與其他國家的唐人街比較，「華人」的味道卻沒那麼濃。

　　來雅加達旅遊，除了購物中心之外，也可以選擇到郊區的「縮影公園」（Taman Mini）、近郊茂物（Bogor）的「野生動物園」（Taman Safari），或者到雅加達外海的千島群島走走。目前也有一些非營利團體免費提供城市導覽的服務，可以上網蒐尋「Jakarta Good Guide」（雅加達導覽），讓他們帶您暢遊雅加達各地。雖然號稱是免費服務，當然歡迎支付小費，當作是支持非營利的活動。

　　既然有這麼多好玩的地方，趕快來計劃一個五天四夜的雅加達行吧！

 你知道嗎？

　　很多人來到雅加達之後，才知道購物中心可以是一整個購物城！雅加達有大大小小約兩百多座購物商城。例如在市中心的Senayan City、在北雅加達的Mal Kelapa Gading、Mall of Indonesia等。每一家購物城不僅奢華，提供的服務也應有盡有。其中有一家歷史比較悠久，感覺像台北的五分埔、光華商場、迪化街和台北東區的大型綜合版，就是著名的ITC Mangga Dua。有機會來感受一下雅加達的經濟起飛吧！

Pelajaran **5**

Transportasi: Apakah saya harus ganti bus?

交通：需要換車嗎？

生活智慧

Buruk muka, cermin dibelah.
怨天尤人。

學習重點

1. 學習詢問交通的方式。

2. 學習詢問是否需要換車，以及換車的方法。

3. 學習文法：學習連接詞「sejak」（自從）的用法。

4. 學習文法：學習程度副詞「kurang」（不太）、「agak」（滿、相當）、「cukup」（夠）、「sangat」（很）、「terlalu」（太過）的用法。

5. 學習文法：學習「saja」（只、只是、任何）的用法。

6. 學習文法：學習「harus」（需要）和「tidah usah」（不需要）的説法。

7. 學習文法：學習連接詞「yang」（的）與形容詞子句。

8. 閱讀短文：「Perjalanan Wisata ke Bali」（去峇里島的旅遊行程）。

1 Apakah saya harus ganti bus? 需要換車嗎？

MP3-21

Menjelang Lebaran, Budi berencana untuk mudik ke kampung halamannya, Cirebon. Ini pertama kalinya dia pulang ke kampung sejak dia pindah ke Jakarta. Cirebon agak jauh dari Jakarta.

Budi: Permisi, Bu. Apakah bus ini menuju ke Cirebon?

Dewi: Tidak, bus ini menuju ke Bandung.

Budi: Yang mana langsung ke Cirebon?

Dewi: Kamu bisa naik bus apa saja yang menuju Semarang. Biasanya bus ini berhenti sebentar di Terminal Harjamukti Cirebon.

Budi: Maksudnya, saya bisa naik bus jurusan Semarang juga?

Dewi: Ya, betul.

Budi: Kalau begitu, apakah saya harus ganti bus?

Dewi: Tidak usah, bus itu langsung lewat Cirebon.

Budi: Ongkosnya berapa?

Dewi: Kalau tidak salah, Rp. 65.000 untuk bus yang ber-AC.

🌸 重點生字！

Lebaran	開齋節	mudik	回鄉	kampung halaman	家鄉
pertama kali	第一次	sejak	自從	pindah	搬
menuju	往	langsung	直接	apa saja	任何
berhenti	停	terminal	巴士總站	maksud	意思
naik	搭（車）	jurusan	方向	betul	對
ganti	換	usah	需要	lewat	經過
salah	錯	ongkos	車費	ber-AC	有冷氣

🌸 中文翻譯：

開齋節即將來臨，Budi計劃回到家鄉井里汶。自從他搬到雅加達後，這是他第一次回到家鄉。井里汶距離雅加達滿遠的。

Budi：　不好意思，女士。這巴士往井里汶嗎？

Dewi：　不。這巴士到萬隆。

Budi：　哪一個直接到井里汶？

Dewi：　你可以搭任何往三寶瓏的巴士。通常這巴士會停留在井里汶哈札目的總站。

Budi：　意思是，我也可以搭往三寶瓏的路線？

Dewi：　是，對。

Budi：　如果是這樣，我需要換車嗎？

Dewi：　不需要，這巴士直接經過井里汶。

Budi：　車票多少錢？

Dewi：　如果沒錯的話，冷氣巴士是六萬五千印尼盾。

文法真簡單（一）：

1 連接詞「sejak」（自從）的用法：

連接詞「sejak」的用法就如同英語的「*since*」，用來連接過去的某個時刻繼續到現在。還有另一個較少用的同義詞是「semenjak」，意思也是「自從」。而「sejak」口語的說法則是「mulai dari」（自……開始）。

例如

- Sejak kecil, saya suka membaca dan menulis.　從小，我就喜歡閱讀和寫作。
- Sejak SD, saya jalan kaki ke sekolah.　從小學開始，我就走路上學。

2 程度副詞「kurang」（不太）、「agak」（滿、相當）、「cukup」（夠）、「sangat」（很）、「terlalu」（太過）的用法：

為了表達不同程度的形容詞，可以搭配不同的副詞，例如：「kurang」、「agak」、「cukup」、「sangat」、「terlalu」。「cukup」（足夠）一般用來比喻好的事情，而「sangat」（很）則可以用來描述一切正面或負面的情況。要注意，上述的程度副詞特別用來指形容詞的不同程度，而第三課的程度副詞「paling」（最）、「lebih」（比較）等，則是用來形容喜好程度。

例如

- Saya kurang enak badan.　　　　　　我身體不太舒服。
- Rumahnya agak jauh.　　　　　　　　他的家滿遠的。
- Pemandangan di sini cukup indah.　　這裡的風景很（夠）美。
- Kehidupan saya di sana sangat sulit.　我在那邊的生活非常困難。
- Teh ini terlalu manis.　　　　　　　這茶太甜了。

3 關於「saja」（只、只是、任何）的用法：

一些疑問代名詞連接「saja」時，會產生「任何……都」的意思，類似英語的「*ever*」。其中包括：「apa saja」（任何東西、什麼都好）、「siapa saja」（任何人、誰都好）、「mana saja」（任何地方、哪裡都好）、「kapan saja」（任何時候、什麼時候都好）、「berapa saja」（任何數量、多少都好）。

例如

- Mau makan apa?　　　　　　要吃什麼？
  Apa saja.　　　　　　　　　什麼都好。
- Mau pergi dengan siapa?　　要跟誰去？
  Siapa saja.　　　　　　　　誰都好。
- Mau ke mana besok?　　　　明天要去哪？
  Mana saja.　　　　　　　　哪裡都好。
- Kapan mau pulang?　　　　　何時要回去？
  Kapan saja.　　　　　　　　什麼時候都好。
- Mau kasih berapa?　　　　　要給多少？
  Berapa saja.　　　　　　　　多少都好。

4 關於「naik」（上升、搭）的用法：

關於「naik」這個字，一般會用在價格上漲和搭乘交通工具上。另外，「naik」的反義詞是「turun」（落、降）。

例如

- Harga rokok di Indonesia sudah naik.　　　印尼的香菸價格已經上漲。
- Naik apa ke Jakarta?　　　　　　　　　　去雅加達要搭什麼？

5 副詞「需要」的印尼語說法與用法：

　　「需要」在印尼語中有很多表達方式，首先必須先知道，當我們要使用「需要」的時候，要用的是副詞還是動詞。若是副詞，我們可以使用「harus」（應該、需要、必須）。另外，還有「usah」（需要），但「usah」通常只用在否定詞中。

例如

- Saya harus ganti bus.　　　　　我需要換車。
- Kamu harus datang.　　　　　　你必須來。

6 「tidak usah」（不需要）的用法：

　　「usah」（需要）通常只用在否定詞中。

例如

- Tidak usah repot-repot.　　　　不用麻煩了。
- Mau kantong?　　　　　　　　要袋子嗎？
  Tidak usah.　　　　　　　　　不需要。

 小提醒

　　要注意，中文的「需要」在印尼語中有「harus」、「perlu」、「butuh」、「usah」等。「harus」（應該、需要、必須）是副詞；「perlu」（需要）是副詞，同時也有動詞的用法；「butuh」（需要）是動詞；「usah」（需要）是動詞。「需要」的動詞說法與用法將在第六課說明。

練習一下（一）：請翻譯下列句子。

1. 什麼時候都可以去。

2. 這炒飯太辣。（pedas　辣）

3. 不需要帶錢。

4. 你從何時開始學印尼語？

5. Kalau mau ke Pulau Bali, harus naik apa?

6. Bahasa Indonesia kamu cukup lancar.

7. Kalau sudah sampai di terminal bus, apakah saya harus ganti bus?

8. Kalau menuju ke Semarang, kamu harus ganti bus di sana.

Perjalanan Wisata ke Bali 去峇里島的旅遊行程

🔊 MP3-22

Saya pernah berwisata ke Bali selama 5 hari 4 malam. Pulau <u>yang indah dan eksotis</u> ini adalah salah satu objek wisata yang terkenal di dunia.

Sebenarnya kita bisa naik pesawat ke Bali. Namun, saya memilih untuk naik kereta api karena biayanya lebih murah. Saya berangkat dengan naik kereta api dari Stasiun Lempuyangan Yogyakarta pada jam 07.15 pagi WIB menuju Stasiun Banyuwangi Baru. Saya tiba di sana sekitar jam 9.15 malam WIB. Stasiun <u>yang terletak paling timur di Pulau Jawa</u> ini adalah stasiun <u>yang paling dekat dengan Pulau Bali</u>.

Setelah sampai di sana, saya menuju Pelabuhan Ketapang untuk menyeberang ke Bali. Dari stasiun, saya naik becak untuk menuju ke pelabuhan. Tujuan di Bali pada hari pertama adalah mencoba makanan khas Bali <u>yang enak dan terkenal</u>, yaitu Ayam Betutu.

 重點生字！

eksotis	異國風情	salah satu	其中之一	objek	景點
sebenarnya	其實	pesawat	飛機	namun	但是
memilih	選擇	biaya	費用	menyeberang	越過、穿越
becak	三輪車	pelabuhan	碼頭	tujuan	目的地
mencoba	嘗試				

 短文翻譯：

　　我曾經到峇里島去旅遊長達五天四夜。這個優美又富有異國風情的島嶼，是世界上其中一個最著名的旅遊景點。

　　其實我們可以搭飛機去峇里島。但是，我選擇搭火車，因為費用比較便宜。我在西部時區早上七點十五分從日惹冷布雅安站坐火車出發到新外南夢站。我在西部時區差不多晚上九點十五分抵達那裡。這個位於爪哇島最東邊的火車站是最靠近峇里島的火車站。

　　到達那裡之後，我往格達邦碼頭以便（搭船）渡到峇里島。從火車站，我搭三輪車去碼頭。第一天在峇里島的目的地是去嘗試峇里島美味又著名的特產，也就是香料雞。

 小提醒

1. 「Stasiun Lempuyangan」（冷布雅安站）是位於日惹的聯外火車站。
2. 「Banyuwangi」是爪哇島最東邊的縣市，中文翻譯是「外南夢」或「巴紐旺宜」。
3. 「Ayam Betutu」（香料雞）是峇里島的特色料理。
4. 「WIB」指的是「Waktu Indonesia Barat」（印尼西部時區）。
5. 「sebenarnya」的字根是「benar」（真）；「memilih」的字根是「pilih」（選）；「menyeberang」的字根是「seberang」（對面）；「pelabuhan」的字根是「labuh」（停泊）；「tujuan」的字根是「tuju」（往）；「mencoba」的字根是「coba」（嘗試）。

文法真簡單（二）：連接詞「yang」（的）與形容詞子句

　　印尼語中的形容詞，可以直接加在名詞後面，形成複合名詞，有的時候我們需要更多的資訊來形容名詞，這時就形成了印尼語中的形容詞子句。什麼是形容詞子句呢？就是一組由形容詞組成的短句。由於形容詞子句不能單獨作為完整的句子，在這樣的情況下，必須使用「yang」（的）來連接主詞和形容詞子句。

　　在學習形容詞子句句型之前，必須先複習和了解加上形容詞的主詞的語順。在第一冊的第五課，已經說明了主詞加上形容詞的語順。

例如

- orang itu　　　　　　　　　　那個人
- orang tua itu　　　　　　　　　那個老人
- orang yang tua itu　　　　　　　那個老的人
- orang tua yang kaya itu　　　　　那個富有的老人
- orang kaya yang tua itu　　　　　那個老的有錢人
- orang yang tua dan kaya itu　　　那個老又富有的人

　　從上述幾個例子，可以得知，當我們需要為主詞添加一些描述性的資訊的時候，印尼語的文法是，將這些形容詞或形容詞子句放在**主詞之後、指示代名詞之前**。指示代名詞就是「itu」（那）和「ini」（這）。在印尼語中，「itu」在這樣的句型中的功能，就如同中文的「那個」、「那件」、「那間」等等的用法。

　　其句子結構如下：

句型1：

普通名詞　＋　yang　＋　形容詞　＋　指示代名詞　＋　補語

Pria　　　＋　yang　＋　ganteng　＋　　itu　　　＋　pacar saya

男子　　　　的　　　　帥　　　　　那　　　　　我的情人

→ 那位（很）帥的男子是我的情人。

句型2：

普通名詞　＋　yang　＋　一個以上的形容詞　＋　指示代名詞　＋　　動詞　　＋　受詞
　　Pria　　＋　yang　＋　ganteng dan tinggi　＋　　itu　　＋suka makan＋　mi
　　男子　　　　的　　　　　帥又高　　　　　　　那　　　　喜歡吃　　　麵

→ 那個（很）帥又高的男子喜歡吃麵。

　　接下來，我們先看其中兩種由形容詞組成的短句，通常的情況是：一、一個或一個以上的形容詞；二、形容詞子句。

1 連接詞「yang」（的）與一個或一個以上的形容詞：

　　當普通名詞使用「名詞＋yang＋形容詞子句」的句型來改變句子的結構時，把形容詞子句以連接詞「yang」（的）來連接，並要注意，將這些形容詞或形容詞子句放在主詞之後、指示代名詞之前。

例如

- Pria itu tinggi.　　　　　　　　　　　那男子（很）高。

  Pria itu sedang minum teh.　　　　　那男子正在喝茶。

  → Pria yang tinggi itu sedang minum teh.　　那個（很）高的男子正在喝茶。

- Pulau ini indah.　　　　這個島很優美。

  Pulau ini eksotis.　　　這個島富有異國風情。

  Pulau ini adalah salah satu objek wisata di Indonesia.

  這個島是印尼其中一個旅遊景點。

  → Pulau yang indah dan eksotis ini adalah salah satu objek wisata di Indonesia .

  這個優美又富有異國風情的島嶼，是印尼其中一個旅遊景點。

2 連接詞「yang」（的）與形容詞子句：

當專有名詞使用「名詞＋yang＋形容詞子句」的句型來改變句子的結構，就直接把形容詞子句以連接詞「yang」（的）來連接。（不需要加指示代名詞）

例如

- Stasiun A paling dekat dengan Pulau B.　　　A站最靠近B島。

  → Stasiun A adalah stasiun yang paling dekat dengan Pulau B.

  A站是最靠近B島的火車站。

- Nasi goreng adalah masakan di Indonesia.　　　炒飯是印尼料理。

  Nasi goreng adalah masakan yang sangat terkenal.　　炒飯是很著名的料理。

  → Nasi goreng adalah masakan yang sangat terkenal di Indonesia.

  炒飯是印尼很著名的料理。

練習一下（二）：
將獨立的兩個句子結合成有形容詞子句的句子。

例如

- Warung itu bersih. 　　　　　　　　　　那餐廳很乾淨。

  Saya suka pergi ke warung itu. 　　　　我喜歡去那間餐廳。

  → Saya suka pergi ke warung yang bersih itu. 　我喜歡去那間很乾淨的餐廳。

1. Saya suka makan ayam goreng. 　　　　我喜歡吃炸雞。

   Ayam goreng enak dan pedas. 　　　　炸雞好吃又辣。

   →

   　　我喜歡吃好吃又辣的炸雞。

2. Pulau Bali adalah sebuah pulau. 　　　峇里島是一座島。

   Pulau Bali dekat dengan Pulau Jawa. 　峇里島靠近爪哇島。

   →

   　　峇里島是一座靠近爪哇島的島。

3. Rumah itu besar dan mewah. 　　　　那房子大又豪華。

   Rumah itu rumah saya. 　　　　　　那房子是我的家。

   →

   　　那個大又豪華的房子是我的家。

4. Orang itu tua dan sakit. 　　　　　那個人老又生病了。

   Orang itu berjalan pelan. 　　　　那個人走路很慢。

   →

   　　那個老又生病的人走路很慢。

5. Baju kuning itu bagus. 　　　　　　　那件黃色衣服很好。

　　Baju kuning itu harganya mahal. 　　那件黃色衣服價格很貴。

　　→

　　那件很好的黃色衣服價格很貴。

6. Mobil itu besar dan mewah. 　　　　　那台車大又豪華。

　　Mobil itu bukan mobil saya. 　　　　那台車不是我的車。

　　→

　　那台大又豪華的車不是我的車。

7. Pria itu ganteng dan tinggi. 　　　　那男子帥又高。

　　Pria itu teman saya. 　　　　　　　那男子是我的朋友。

　　→

　　那帥又高的男子是我的朋友。

8. Pria itu sedang makan nasi kuning. 　那男子正在吃薑黃飯。

　　Nasi kuning itu pedas dan enak. 　　那個薑黃飯辣又好吃。

　　→

　　那男子正在吃辣又好吃的薑黃飯。

3 Kosakata Penting 重要詞彙：

MP3-23

Alat Transportasi 交通工具

andong	馬車	angkot	市區小巴	bus	巴士
bus pariwisata	遊覽車	bajaj	嘟嘟車	becak	三輪車
bemo	摩托三輪車	kapal	船	taksi	計程車
kereta api	火車	mikrobus	迷你巴士	mikrolet	迷你巴士
mobil	車子	ojek	摩托計程車	perahu	船
pesawat	飛機	sado	馬車	sampan	舢舨船
sepeda	腳踏車	sepeda motor	摩托車	truk	卡車

 小提醒

「angkot」是「angkutan kota」的縮寫，意思是「市區小巴」。

4 Latihan 測驗一下：

A. 聽力練習： 🔊 MP3-24

Dengarkan percakapan lalu isilah tempat yang kosong.
請聆聽對話，並在空格處填上答案。

Apakah saya harus ganti bus?

A: Permisi, Pak. Apakah (1)＿＿＿＿＿＿＿＿＿?

B: Tidak. (2)＿＿＿＿＿＿＿＿＿＿＿＿＿.

A: Kalau begitu, (3)＿＿＿＿＿＿＿＿＿＿＿?

B: Kamu bisa (4)＿＿＿＿＿＿＿＿＿＿＿.

A: Apakah saya harus ganti bus?

B: (5)＿＿＿＿＿＿＿.

Terjemahkan jawaban di atas. 請翻譯上述聽力練習。

我需要換車嗎？

A：不好意思，先生。(1)＿＿＿＿＿＿＿嗎？

B：沒有。(2)＿＿＿＿＿＿＿。

A：既然如此，(3)＿＿＿＿＿＿＿？

B：你可以(4)＿＿＿＿＿＿＿。

A：我需要換車嗎？

B：(5)＿＿＿＿＿＿＿。

B. 翻譯練習：

Terjemahkan kalimat di bawah ini ke dalam bahasa Indonesia.
請將下列句子翻譯成印尼語。

(1) 我需要換車嗎？

　　不需要。

(2) 這巴士往雅加達嗎？

　　沒有。

(3) 哪一個（台車）往雅加達？

　　紅色的那個。

(4) 如果要去雅加達，應該搭什麼車？

　　你可以搭那輛藍色巴士。

(5) 從小我就喜歡喝茶。

(6) 這是我第一次去印尼。

(7) 那個又高又帥的男子是我的情人。

C. 口語練習：

Wawancarailah teman Anda dengan pertanyaan di bawah ini.
用下列的問句訪問您的朋友。

(1) Apakah bus ini menuju Jakarta?

(2) Yang mana langsung ke Jakarta?

(3) Apakah saya harus ganti bus?

(4) Di mana saya harus ganti bus?

D. 寫作練習：

Buatlah sebuah karangan bertema "Perjalanan Wisata ke Kebun Binatang Taipei".
寫一篇短文，主題是「到台北動物園的旅遊行程」。

 好歌大家聽

1. 歌手：Rio Febrian
   歌曲：Memang Harus Pisah
2. 歌手：Sanisah Huri
   歌曲：Sejak Ku Bertemu Padamu
3. 歌手：Repvblik
   歌曲：Sayang Sampai Mati

 你說什麼呀！？ 🔊 MP3-25

1.	A: Yuk, kita pergi bareng.	走吧，我們一起去。
	B: Yuk.	走吧。
2.	A: Ngomong-ngomong, itu siapa?	對了，那個人是誰？
	B: Gak tau deh.	不知道耶！

不可不知的印知識

印尼社會的互助合作（Gotong royong）

　　印尼社會有個深層的文化，稱之為「gotong royong」（互助合作、敦親睦鄰）和「musyawarah」（協商共識）。這個「gotong royong」，可說是一種在印尼任何地方都看得到的精神。其中「gotong」的意思是「工作」，而「royong」是「一起」的意思，至於「musyawarah」則是來自阿拉伯語，「討論協商」的意思。

　　這樣的互助合作精神，其實也源自爪哇文化中人與人之間的和諧關係。在印尼社會中，大家崇尚和平相處、講究和諧，所以人與人之間不容易出現爭執，人們認為含蓄、包容、容忍是美德。也因此，如果有發生任何不愉快的事情，會透過協商的方式解決，找出彼此之間的共識，來消弭彼此之間意見的差異。

　　這種人與人之間相互尊重的美德，不僅在村里之間，其實也展現在工作上。我曾經到峇里島的農村去訪問農民，了解峇里島的千年水利灌溉組織「蘇巴克」

（Subak）。在當地，就可以看到人們每天都在執行這樣的信念。當地的稻田，按照水源劃分成不同的組織，一個單位就稱作一個蘇巴克，一個蘇巴克大概有六到七位成員。這些組織成員會定期開會，提出各種問題並共同解決。在插秧、收割的時候，大家就會用這樣互助合作的方式來完成。有的時候，村子裡的打掃工作，也是透過這樣的方式來完成。

就因為如此深刻的文化精神鑲嵌在人們的心中，所以當地也形成了利於進行討論的組織。每一個小蘇巴克的領袖，並非是登高一呼的領袖而已，通常被選為蘇巴克長的人，是要有能力統整大家的意見、並解決成員之間的問題和爭執的人。

有一種說法：「最美的風景是人」，我想這句話也很適用於印尼社會。當我們走在印尼街頭，都會感受到一種友善和睦的感覺。我想，那就是印尼社會崇尚和睦、互助與協商，所反映出來的社會氛圍吧！

 你知道嗎？

在印尼很多傳統的鄉村裡，村民搬家的時候，是真的「搬家」喔！屋主把木造房子內的家具都清空後，在屋子下架起木條或竹竿，大力號召之下，全村的人都傾巢而出，來幫忙搬家。靠著眾人的力量，他們把整個屋子架起來，然後大家齊心合力移動屋子到新的地點。這樣特殊的搬家形式，是印尼社會互助合作的最佳體現。

Tanya jalan: Bagaimana cara ke terminal bus?

問路：巴士總站往哪兒走？

Malu bertanya, sesat di jalan.
不能則學，不知則問，恥於問人，
絕無長進。

學習重點

1. 學習問路的說法。

2. 學習各種指示路線的說法。

3. 學習文法：學習副詞「baru」（才剛）的用法。

4. 學習文法：學習連接詞「kemudian」（然後）、「dulu」（先、以前）的用法。

5. 學習文法：學習「harus」（必須、需要、應該）、「butuh」（需要）的差異。

6. 學習文法：學習形容詞子句「yang＋由原型動詞組成的形容詞子句」。

7. 閱讀短文：「Glodok, Kawasan Pecinan di Jakarta」（在雅加達的唐人街裏踱刻）。

1 Bagaimana cara ke terminal bus? 巴士總站怎麼走？

MP3-26

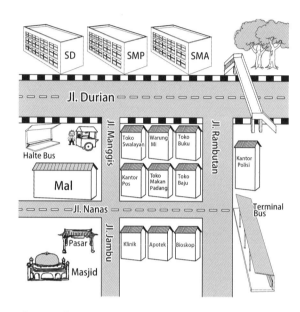

Ari adalah karyawan baru di perusahaan Garuda. Dia baru sampai di kota dan dia masih belum terbiasa dengan lingkungan sekitarnya.

Ari: Permisi, Pak. Saya butuh bantuan.

Polisi: Bisa saya bantu, Bu?

Ari: Bagaimana menuju ke terminal bus terdekat?

Polisi: Jalan lurus saja sampai pertigaan, kemudian belok kanan. Terminal bus terletak di sebelah kiri kantor polisi.

Ari: Sebelum itu saya mau mampir ke klinik dulu. Apakah ada klinik di sekitar sini?

Polisi: Ya, ada. Dari sini, belok ke kanan, terus jalan sampai Ibu lihat perempatan.

Ari: Setelah itu, harus lewat mana?

Polisi: Di sana, Ibu menyeberang Jalan Nanas dan terus lurus saja, klinik terletak di pojok Jalan Nanas dan Jalan Jambu.

🌸 重點生字！

baru	新、才剛	terbiasa	習慣	lingkungan	環境
butuh	需要	bantuan	幫助	mampir	停留
sekitar	附近	lurus	直	pertigaan	三叉路口
kemudian	然後	belok	轉	lihat	看
perempatan	十字路口	terus	繼續	pojok	轉角

🌸 中文翻譯：

Ari是在Garuda公司的新員工。她才剛到城市裡，她還沒習慣周邊環境。

Ari： 先生，不好意思。我需要幫忙。

警察：女士，我可以幫什麼忙？

Ari： 最近的巴士總站怎麼走？

警察：直走到三叉路口，然後右轉。巴士總站位於警察局的左邊。

Ari： 在那之前，我需要先去一趟診所。在這附近有診所嗎？

警察：是，有的。從這裡，右轉，繼續走直到女士看到十字路口。

Ari： 在那之後呢，應該經過哪裡？

警察：從那裡，你穿過鳳梨路並繼續直走，診所位於鳳梨路和蓮霧路的轉角。

 小提醒

「terbiasa」的字根是「biasa」（普通、習慣）；「lingkungan」的字根是「lingkung」（繞）；「bantuan」的字根是「bantu」（幫忙）；「sekitar」的字根是「kitar」（圍繞）；「menuju」的字根是「tuju」（往）；「pertigaan」的字根是「tiga」（三）；「perempatan」的字根是「empat」（四）。

文法真簡單（一）：

1 「baru」（新、才剛）的用法：

　　「baru」有「新」、「才剛」的意思，其中包含了兩種詞性，即形容詞和副詞。如果是形容詞，是「新」的意思；而副詞的話，就是「才、剛剛、才剛」的意思。通常也會加上「saja」（只、只是），變成「baru saja」（才剛）。

例如

* Saya tinggal di rumah baru itu.　　　　　　我住在那間新房子。
* Saya baru sampai.　　　　　　　　　　　　我才剛到。

2 「sampai」（到、直到、傳達）的用法：

　　「sampai」有很多意思，其中最常見的就是「sampai jumpa」（再見），進階的用法則是有「直到」的意思。而另一個同義詞是「hingga」（直到），常用在書面語上。

例如

* Jalan lurus sampai pertigaan.　　　　　　直走到三叉路口。
* Hujan turun dari siang sampai malam.　　　雨會從白天下（直）到晚上。
* Hujan turun dari siang hingga malam.　　　雨會從白天下（直）到晚上。

3 連接詞「kemudian」（然後）、「dulu」（先、以前）的用法：

(1)「kemudian、lalu、lantas」（然後）（*then*）

　　連接詞「kemudian」與兩個同義詞「lalu」和「lantas」，使用方法都一樣，皆用來連接接續的動作。

例如
- Terus jalan kemudian belok kiri.　　　　繼續走，然後左轉。
- Saya bangun pagi lalu gosok gigi.　　　　我起床，然後刷牙。
- Sesudah mandi, lantas saya minum kopi.　洗澡之後，然後我喝咖啡。

(2)「dulu」（先）（*first*）、「dulu」（以前）（*before*）

　　「dulu」（先）已經在第一冊中討論過，常見的就是「Saya permisi dulu.」（我先告辭。）其結構是「動詞＋dulu」，會形成「先……」的意思。至於「dulu」（以前）的用法，則是將「dulu」放置在句首，就會形成「以前」的意思。

例如
- Saya permisi dulu.　　　　　　　　　　我先告辭。
- Kamu pergi dulu, saya ikut kemudian.　　你先去，我之後會跟來。
- Dulu saya merokok, sekarang tidak.　　　我以前抽菸，現在沒了。
- Dulu Jakarta namanya Batavia.　　　　　以前，雅加達被稱為巴達維亞。

4 「路怎麼走？」的印尼語問法：

在印尼，要問路的話，有好幾種問法。

例如
- Bagaimana cara ke ...?　　　　　怎麼到……？
- Bagaimana menuju ke ...?　　　　怎麼往……？
- Kalau mau ke ..., lewat mana?　　如果要到……，經過哪裡？
- Bagaimana jalannya ke ...?　　　到……的路怎麼走？

5 「harus」（必須、需要、應該）和「butuh」（需要）的差異：

在中文翻譯上，「harus」和「butuh」這兩個字意思很相近，通常翻譯成「需要」，但是這兩個詞性不一樣，因此用法也不同。「harus」（必須、需要、應該）是副詞，一般上是放在動詞前面。而「butuh」（需要）是動詞，一般是放在名詞前面。

(1)「harus」（必須、需要、應該）【副詞】：

- Saya harus pergi dulu.　　　　　　　　我需要先走了。
- Kamu harus ganti bus di sana.　　　　　你需要在那裡換車。

(2)「butuh」（需要）【動詞】：

- Saya butuh uang untuk bayar utang.　　我需要錢來還債。
- Saya butuh liburan.　　　　　　　　　我需要假期。

 補充生字

gosok　刷	utang　債	liburan　假期

💡 小提醒

1. 「jangan sampai」的意思是「別讓」，例如：「Jangan sampai mereka tahu.」（別讓他們知道。）
2. 「dulu」的正式寫法是「dahulu」，但是現在大部分的時候比較常用「dulu」。
3. 「harus」（必須、需要、應該）還有其他同義詞，例如：「perlu」（應該、需要）、「mesti」（一定、必須）、「wajib」（必須、應該、義務）等。
4. 要特別注意，「perlu」（應該、需要）兼具副詞和動詞的詞性，因此與「harus」（必須、需要、應該；副詞）和「butuh」（需要；動詞）容易混淆。建議在使用之前，了解是哪一個詞性的應用，才不會搞混。一般上，「perlu」用在較強烈必要性的句子上。

練習一下（一）：請翻譯下列句子。

1. Saya berangkat dulu, suami akan ikut kemudian.

2. Bersakit-sakit dulu, bersenang-senang kemudian.

3. Dulu saya merokok tapi saya sudah berhenti merokok sekarang.
（berhenti 停止）

4. 我是新職員，今天剛到公司。（karyawan 職員）

5. 我需要去走走。

6. 我需要您的幫忙。（bantuan 幫忙）

7. 如果要到醫院，路怎麼走？

8. 如果往國家紀念碑，需要經過哪裡？

2　Glodok, Kawasan Pecinan di Jakarta　在雅加達的唐人街裏踱刻

🔊 MP3-27

Glodok adalah salah satu bagian dari kota lama Jakarta. Daerah <u>yang terkenal dengan Glodok Chinatown</u> ini terletak di Jakarta Barat. Dulu Glodok adalah kawasan pecinan terbesar di Indonesia <u>yang terdapat banyak sekali warga keturunan Tionghoa.</u>

Anda bisa lihat banyak bangunan bergaya China di tepi jalan. Anda bisa cari barang-barang yang menarik, seperti obat tradisional China, Pia Lau Beijing, dan Warung Mi Belitung <u>yang tutup pada hari Tahun Baru Imlek.</u>

Sekarang Glodok dikenal sebagai pusat elektronik di Jakarta. Jangan lupa untuk mampir ke sini kalau Anda berkunjung ke Jakarta.

 重點生字！

bagian	部分	daerah	地區	kawasan	地區
pecinan	唐人街	keturunan	裔、後裔	bangunan	建築
bergaya	有著……風格	gang	巷子	seperti	例如
tradisional	傳統	tutup	關		

短文翻譯：

　　裏踱刻是雅加達舊城的其中一部分。這個以中國城著稱的地區位於雅加達西區。以前裏踱刻是印尼最大的唐人街區，擁有很多華裔居民。

　　您會在路邊看到很多有中國風格的建築。您在那裡可以找到有趣的東西，例如中國傳統藥材、北京老餅，以及在農曆新年會關門的勿里洞麵店。

　　現在裏踱刻被認為是雅加達的電子中心。如果您來雅加達，別忘了來這裡逛逛。

小提醒

1. 「Pia Lau Beijing」是雅加達華人區的特色美食「北京老餅」。
2. 「Warung Mi Belitung」是西雅加達的特色美食「勿里洞麵店」。
3. 「bagian」的字根是「bagi」（給、分配）；「keturunan」的字根是「turun」（落）；「bangunan」的字根是「bangun」（起來、建立）；「bergaya」的字根是「gaya」（風格）。

文法真簡單（二）：學習形容詞子句「yang＋由原型動詞組成的形容詞子句」

在上一課，我們學習了「yang」（的）與形容詞子句。在這一課，將說明另一種形容詞子句，即由動詞組成的形容詞子句。此外，也會補充說明當主詞是所有格時，「yang」不能被省略。

在連接詞「yang」與動詞組成的形容詞子句當中，我們要特別注意以下兩種情況：一、當主詞是所有格時，「yang」不能省略；二、可用原型動詞組成的形容詞子句，來增加主詞的描述性資訊。

1 當主詞是所有格時，「yang」不能省略：

一般而言，當「yang」只連接一個形容詞時，「yang」通常可以省略。主詞是普通主詞的時候，「yang」也通常可以省略。

例如

- Orang yang tua itu ayah saya.　　　　　　那個老的人是我爸爸。
- Orang tua itu ayah saya.　　　　　　　　那個老人是我爸爸。

但是，當主詞是所有格時，「yang」便不能省略，因為如果省略「yang」，會造成語意不明確。

例如

- Rumah saya besar dan mewah.　　　　　　我的房子大又豪華。
  Rumah saya terletak di Jalan Durian.　　我的房子位於榴槤路。
  → **Rumah saya** yang besar dan mewah itu terletak di Jalan Durian.
  我那間大又豪華的房子位於榴槤路上。
  （「rumah saya」（我的房子）是所有格，在這個句子裡視為主詞）

2 可使用由原型動詞組成的形容詞子句，來增加主詞的描述性資訊：

例如

- Turis datang ke Bali.　　　　　　　　　　　　遊客來峇里島。

  Turis harus membayar pajak.　　　　　　　　遊客必須繳稅。

  → Turis yang datang ke Bali harus membayar pajak.

  來到峇里島的遊客必須繳稅。

- Orang itu tinggal di Taipei.　　　　　　　　那個人住在台北。

  Orang itu bisa membantu Anda.　　　　　　那個人可以幫助您。

  → Orang yang tinggal di Taipei itu bisa membantu Anda.

  那個住在台北的人，可以幫助到您。

補充生字：

tinggi	高	pria	男子	pajak	稅
membantu	幫忙				

練習一下（二）：

請將下列兩個句子，做成「yang＋原型動詞形容詞子句」的句型。請特別注意所有格為主詞的句子。

1. Taipei adalah kota besar.　　　　　　　台北是一個大城市。

   Taipei punya banyak bus kota.　　　　台北有很多的市區巴士。

   台北是一個有很多市區巴士的大城市。

2. Rumah saya terletak di Jakarta.　　　我的家位於雅加達。

   Jakarta punya banyak tempat wisata.　雅加達有很多旅遊景點。

   我家位於有很多旅遊景點的雅加達。

3. Program televisi favorit saya adalah "Masterchef".

   我喜歡的電視節目是「廚藝大師」。

   "Masterchef" sangat terkenal di Indonesia.

   「廚藝大師」在印尼很有名。

   我喜歡的電視節目是在印尼很著名的「廚藝大師」。

4. Pria itu suka makan ayam goreng.　　那個男子喜歡吃炸雞。

   Pria itu ayah saya.　　　　　　　　那個男子是我爸爸。

   那個喜歡吃炸雞的男子是我爸爸。

5. Rumah saya besar dan mewah.　　　　　　　我的家大又豪華。

   Rumah saya terletak di Jakarta.　　　　　　我的家位於雅加達。

我位於雅加達的家大又豪華。

我（那）大又豪華的家位於雅加達。

6. Teman saya datang dari Amerika.　　　　　我的朋友來自美國。

   Teman saya tinggi dan ganteng.　　　　　　我的朋友高又帥。

我來自美國的朋友高又帥。

7. Pria itu teman saya.　　　　　　　　　　那男子是我的朋友。

   Pria itu duduk di depan kelas.　　　　　　那男子坐在教室前面。

那位坐在教室前面的男子是我的朋友。

8. Pria itu sedang makan nasi kuning.　　　　那男子正在吃薑黃飯。

   Pria itu mau pulang ke Indonesia.　　　　　那男子要回去印尼。

那位要回到印尼的男子正在吃薑黃飯。

那位正在吃薑黃飯的男子要回去印尼。

3 Kosakata Penting　重要詞彙：

MP3-28

Menunjukkan arah　指示方向

belok	轉	lurus	直	melintas	穿越
melewati	經過	menerobos	穿越	menyeberang	穿越
putar balik	回轉	sepanjang jalan	沿著路	terus	繼續

Di jalan　在馬路上

bangunan	建築	belok kanan	右轉	belok kiri	左轉
bundaran	圓環	gedung	建築	gerbang	拱門
jalur	車道	jembatan	橋	lajur	車道
lampu lalu lintas	紅綠燈	perempatan	十字路口	persimpangan	交叉路口
pertigaan	三叉路口	pintu keluar	出口	pintu masuk	入口
pojok	轉角	terowongan	地下道、隧道	tol	收費站
trotoar	人行道	ujung jalan	路的尾端	rambu	標誌

Latihan 測驗一下：

A. 聽力練習： 🔊 MP3-29

Dengarkan percakapan lalu isilah tempat yang kosong.

請聆聽對話，並在空格處填上答案。

Bagaimana caranya ke warung roti?

A: Permisi, Pak, (1)_____?

B: Warung roti terletak di Jalan Pertama.

A: (2)_____ ke warung roti itu?

B: (3)_____, setelah Anda melihat klinik di perempatan,

   (4)_____.

A: Kemudian?

B: Lalu (5)_____. Warung roti terletak di sebelah kebun binatang.

Terjemahkan jawaban di atas. 請翻譯上述聽力練習。

麵包店怎麼走？

A：不好意思，先生，(1)_____？

B：麵包店位於第一路。

A：(2)_____那個麵包店呢？

B：(3)_____，你在十字路口看到診所之後，(4)_____。

A：然後呢？

B：然後(5)_____。麵包店位於動物園的旁邊。

B. 翻譯練習：

Terjemahkan kalimat di bawah ini. 請翻譯下列句子。

(1) 直走，然後左轉。

(2) 怎麼從這裡到市場？

直走到三叉路口，然後左轉，市場在警察局的旁邊。

(3) 如果要到購物中心，應該經過哪裡？

你直走到十字路口，然後右轉。

(4) 繼續直走，直到第二個紅綠燈。

你會看到購物中心在銀行和警察局之間。

(5) Selain itu, kawasan yang terletak di Jakarta Barat ini juga terkenal dengan makanannya.

(6) 那位住在台北的男子喜歡喝茶。

C. 口語練習：

Wawancarailah teman Anda dengan pertanyaan di bawah ini.
用下列的問句訪問您的朋友。

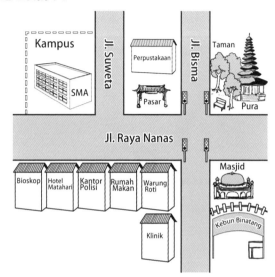

(1) Bagaimana caranya menuju ke bioskop?

(2) Kalau mau ke pasar, harus lewat mana?

(3) Bagaimana jalannya ke perpustakaan?

D. 寫作練習：

Buatlah sebuah karangan bertema "Lebih Baik Tinggal di Kota atau di Desa?".
寫一篇短文，主題是「住在城市比較好，還是住在鄉下比較好？」。

 好歌大家聽

1. 歌手：Cakra Khan
   歌曲：Harus Terpisah
2. 歌手：Judika
   歌曲：Sampai Kau Jadi Milikku
3. 歌手：Judika & Duma
   歌曲：Sampai Akhir

 你說什麼呀！？　🔊 MP3-30

A: Kok ngaret?	怎麼又遲到了？
B: Telat bangun sih.	睡太晚了。

不|可|不|知|的|印|知|識

印尼街頭的特殊行業

　　走在印尼街頭，總是會有很多驚喜。其中，您會注意到一些和台灣的街道風景不一樣的地方。首先，大城市的街道，例如雅加達很少有回轉道的設計。這使得行車人士萬一想要回轉，不僅要走很長一段路，才會遇到一個回轉道，也因為車流量太大，所以很難回轉。印尼社會是典型的「哪裡有困難，哪裡就有轉機」的範例。

　　既然很難回轉，因此就出現了一些「志願」的回轉道引導員。不僅有指揮棒，有時候還會有口哨，神情自若地在各個路口或回轉道引導著車子。而如果車子順利通過了，司機這時候會一邊緩慢地回轉，一邊搖下車窗，將一千至三千印尼盾不等的小費塞到那位引導員的手中。那麼流暢的動作，讓人看得目瞪口呆。

　　當然，除了回轉道和路口的志願引導員，還有路邊停車格的引導員。這些停車格引道員會在您要停車或離開停車格時，熱心地協助您。當然，順利停進去或離開時，也別忘了提供一些小費，作為感謝之意。

　　還有另外一個是在下雨天才會看到的情境。午後雷陣雨在印尼很常見，因此有時候在雨季或是遇到午後雷陣雨，很多人就會被困在建築物或車站裡。這時候，您會看到一些撐著雨傘的人，有些甚至是小孩，他們不是要賣傘給您，而是讓您承租一個服務：一段幫您遮風擋雨的服務。聽起來有點浪漫，不過這些小孩從事這項服務，很多都是為了幫忙貼補家用。看著他們小小的身軀，撐著大大的傘，不免感到心疼。

　　上述三個，算是印尼街頭早已司空見慣的特殊行業。這一類的街頭特殊行業也與時俱進。例如，在車陣中唱歌、彈烏克麗麗、擦拭車窗、擦拭機車龍頭等等，這些都讓人對印尼人適應環境、爭取工作機會的創意精神讚嘆不已。下次如果您到雅加達這些大城市，不妨四處注意，看看您可以收集到幾種街頭特殊行業囉！

你知道嗎？

如果有機會到印尼自助旅行或者出差，其實都可以勇敢地向身邊的印尼人問路，他們不僅會很熱心地回答您，有時候還會親自帶您過去。很多到過印尼的人，都會因為印尼人的熱情而感動，印尼人本身也覺得這個就是印尼的國民精神之一。「ramah-tamah」（熱情）是印尼人的個性，所以如果需要問路就儘管問，不需要害羞喔！

Pelajaran 7

Telekomunikasi: Lebih baik pilih kartu ini.

通訊：最好選擇這張卡。

生活智慧

Seperti cendawan tumbuh di musim hujan.
雨後春筍。

學習重點

1. 學習詢問電信卡的種類。
2. 學習選擇適合自己需求的商品的說法。
3. 學習感受、重要的形容詞、人的外表的說法。
4. 學習文法：學習連接詞「namun」（然而）的用法。
5. 學習文法：學習頻率副詞的用法。
6. 學習文法：學習祈使句的類型。
7. 學習文法：學習「名詞＋yang＋名詞nya＋形容詞」的句型。
8. 閱讀短文：「Apakah Anda tahu nasi tumpeng?」（您知道圓錐薑黃飯嗎？）

1 Lebih baik pilih kartu ini. 最好選擇這張卡。

MP3-31

Sesampai di Bali, Budi segera membeli kartu SIM. Namun, dia tidak puas dengan sinyal yang lemah.

Budi: Saya merasa kesal dengan kartu yang sinyalnya sangat jelek.

Pelayan: Mau tukar ke kartu yang mana?

Budi: Tolong kasih saya kartu SIM yang koneksi internetnya lebih cepat.

Pelayan: Ada banyak pilihan, seperti Telkomsel, Mentari dan lain-lain.

Budi: Kartu yang mana sinyalnya paling kuat di Bali?

Pelayan: Coba pakai Telkomsel yang sinyalnya selalu stabil.

Budi: Kalau kartu "prabayar", yang mana lebih bagus?

Pelayan: Lebih baik pakai kartu XL yang paketnya lebih murah.

Budi: Bagaimana caranya kirim SMS?

Pelayan: Gampang. Masukkan pesan, tekan nomor telepon dan kemudian kirim saja.

重點生字！

sesampai	一到達	segera	馬上	puas	滿意
sinyal	訊號	lemah	弱	kesal	懊惱
jelek	不好	tukar	換	tolong	幫忙、請
kartu	卡	koneksi	連結	internet	網路
cepat	快	pilihan	選擇	lain-lain	其他
kuat	強烈	selalu	常常	stabil	平穩
prabayar	預付	paket	配套	kirim	寄
pesan	留言	gampang	簡單	tekan	按

 小提醒

1. 「kartu SIM」就是一般所稱的SIM卡，指的是用戶身分模組（Subscriber Identity Module，SIM），但是在印尼，SIM也指駕照「Surat Izin Mengemudi」。
2. 「sesampai」的字根是「sampai」（到達）；「pilihan的字根是「pilih」（選擇）。

中文翻譯：

一到達峇里島，Budi馬上買了電話卡。然而，他對於微弱的訊號不滿意。

Budi： 對於訊號很差的卡，我覺得很懊惱。

服務員：要換哪一個卡？

Budi： 請給我網路連線比較快的SIM卡。

服務員：有很多選擇，例如Telkomsel、Mentari等等。

Budi： 在峇里島，哪一個卡的訊號最強？

服務員：試試看使用訊號總是很穩定的Telkomsel。

Budi： 如果是預付卡，哪一個比較好？

服務員：最好用配套比較便宜的XL卡。

Budi： 如何寄簡訊？

服務員：那很簡單。輸入訊息，按電話號碼，然後寄送。

文法真簡單（一）：

1 連接詞「namun」（然而）的用法：

　　帶有轉折意思的連接詞「namun」，一般說來，和「tetapi」（但是）的用法很類似。不過，「tetapi」不能用在句首，而且是連接兩個詞或短句，但是「namun」可以放在句首，以連接前後兩個句子。

例如

- Dia sudah minum obat. Namun, dia belum sembuh.
  他已經吃藥了。然而，他還沒康復。
- Saya orang Indonesia. Namun, saya belum pernah ke Pulau Bali.
  我是印尼人。然而，我未曾去過峇里島。

2 「lebih baik」（寧願、寧可、最好）的用法：

　　要用印尼語表達「寧願」、「寧可」時，有幾個詞彙可以使用。首先，比較簡單的是「lebih baik」，然後比較口語的說法則有「mending」（寧願、寧可）、「mendingan」（寧願、寧可）。如果是正式寫法，可以用「sebaiknya」（寧願、最好）。

例如

- Kalau mau koneksi yang cepat, lebih baik pilih yang ini.
  如果要快的連線，寧願選擇這個。
- Lebih baik bermain bola daripada bermain komputer.
  比起玩電腦，寧願玩球。

3 頻率副詞的用法：

　　印尼語中的頻率副詞有好幾個常用的，例如：「biasanya」（通常）、「selalu」（總是）、「sering」（時常）、「kadang-kadang」（有時候）、「jarang」（很少）和「tidak pernah」（不曾）。使用時通常是放在動詞的前面，其中「biasanya」和「kadang-kadang」可以放在句首。

例如

- Saya biasanya bangun jam delapan.   我通常八點起床。
- Saya selalu berjalan kaki ke sekolah.   我總是走路去上學。
- Saya sering naik sepeda ke kantor.   我時常騎腳踏車去上班。
- Saya kadang-kadang memakai kacamata.   我有時候戴眼鏡。
- Saya jarang minum arak.   我很少喝酒。
- Saya tidak pernah makan durian.   我不曾吃過榴槤。

4 詢問方法的印尼語說法：

當我們需要詢問方法或做法時，我們會用「bagaimana」（怎麼樣）這個疑問代名詞，同時，因為是詢問方法或方式，所以要再加上「cara」（方法）這個字。

例如

- Bagaimana cara kirim pesan?   如何寄送簡訊？
- Bagaimana cara memasak soto ayam?   如何煮雞湯？

5 祈使句的類型：

印尼語的祈使句有很多種類型，例如表達命令或恭請的「silakan」（請）、「tolong」（請幫忙）、「-lah」（請……；「-lah」為語助詞，要加在動詞後面）；表達請求的「izinkan」（請允許）、「harap」（希望）和「minta」（要求）；表達邀請的「mari」（來）、「ayo」（來）、「coba」（試）；表達警告的「jangan」（別）、「awas」（注意）和「dilarang」（禁止）等。

(1) 表達命令或恭請：

例如

- Duduk!   坐下！（強烈語氣）
- Duduklah!   坐吧！
- Silakan duduk.   請坐。
- Tolong ambil kursi.   請拿椅子。

(2) 表達請求：

- Izinkan saya duduk di kursi Anda.　　　請允許我坐在您的座位。
- Harap antri.　　　請排隊。
- Minta bon.　　　請給我收據。

(3) 表達邀請：

- Mari, kita pergi makan.　　　走吧，我們去吃飯。
- Ayo, habiskan kue ini.　　　來吧，我們吃完這糕點。
- Coba ke sini dulu, Mas.　　　大哥，麻煩你先過來這裡（一下）。

(4) 表達警告：

- Jangan buang sampah sembarangan.　　　不要隨意亂丟垃圾。
- Awas copet.　　　小心扒手。
- Dilarang merokok.　　　禁止吸菸。

補充生字：

bola 球	komputer 電腦	antri 排隊
bon 收據、帳單	copet 扒手	

小提醒

詢問方法或做法的問句「bagaimana cara」（如何、怎麼），在口語上通常是「bagaimana caranya」。

練習一下（一）：請翻譯下列句子。

1. 怎麼去那裡？

2. 請幫忙開門。（buka 開；pintu 門）

3. 請進。

4. 我很少去圖書館。（perpustakaan 圖書館）

5. Daripada sewa rumah, lebih baik beli rumah sendiri.

6. Dia sudah bekerja keras mencari uang. Namun, masih tidak cukup untuk biaya hidupnya. （bekerja keras 努力工作；biaya hidup 生活費）

7. Saya tidak pernah makan markisa.

8. Saya selalu naik kereta api ke sekolah.

Apakah Anda tahu nasi tumpeng? 您知道圓錐薑黃飯嗎？

MP3-32

Orang-orang di Pulau Jawa, Bali dan Madura suka memasak nasi tumpeng untuk kenduri. Nasi tumpeng adalah makanan tradisional yang sangat unik. Nasi tumpeng biasanya disediakan pada perayaan karena tampilannya yang unik dan cantik. Nasi tumpeng adalah nasi kuning <u>yang bentuknya kerucut</u>, karena itu disebut "nasi tumpeng". Selain nasi kuning <u>yang bentuknya menarik</u>, ada juga ayam bakar, tempe goreng, sambal dan lain-lain. Biasanya, orang-orang membeli nasi tumpeng karena mereka ingin merayakan acara seperti ulang tahun dan lain-lain.

 重點生字：

tumpeng	圓錐	kenduri	餐宴	unik	特別
disediakan	（被）準備	perayaan	節慶	tampilan	外型
bentuk	形狀	kerucut	圓錐	disebut	被稱作
sambal	辣椒醬	tempe	黃豆餅	merayakan	慶祝
acara	節日				

 小提醒

「disediakan」的字根是「sedia」（準備）；「perayaan」的字根是「raya」（偉大）；「tampilan」的字根是「tampil（出現）」；「merayakan」的字根是「raya」（偉大）。

短文翻譯：

　　在爪哇島、峇里島和馬度拉島的人們喜歡在宴會中煮圓錐薑黃飯。圓錐薑黃飯是一種很特殊的傳統美食。因為圓錐薑黃飯特殊又漂亮的外型，通常被準備在節慶中。圓錐薑黃飯是一種有圓錐造型的薑黃飯，也因此被稱作圓錐薑黃飯。圓錐薑黃飯中，除了形狀有趣的薑黃飯之外，也有烤雞、炸黃豆餅、辣椒醬等等。通常人們買圓錐薑黃飯，是因為他們想要慶祝節日，例如生日等等。

文法真簡單（二）：連接詞「yang」（的）與由名詞和形容詞組成的形容詞子句

在前兩課，我們已經學習過各種「yang」與形容詞子句的句型。在本課內容中，要學習另一個，即由名詞和形容詞所組成的形容詞子句，其句型為：「名詞＋yang＋名詞nya＋形容詞」。這樣的句型適合用在有兩個需要形容的名詞。

例如

• Saya mau beli kartu.　　　　　　　　我要買（電信）卡。
• Sinyal kartu itu kuat.　　　　　　　　那張卡訊號很強。

上述這兩個句子中，有兩個名詞，一個是「kartu」（卡），一個是「sinyal」（訊號），而這兩個名詞，都可以加上形容詞。假設要描述「訊號很強的卡」，在這樣的條件下，便可以用「名詞1＋yang＋名詞2 nya＋形容詞」的句型。

有很強的訊號的卡：

名詞1	＋	yang	＋	名詞2	nya	＋	形容詞
kartu	＋	yang	＋	sinyal	nya	＋	kuat
卡		的		訊號	的		強

如果是完整的句子，就是：

• Saya mau beli kartu yang sinyalnya kuat.　　　我要買訊號很強的卡。

練習一下（二）：

請將獨立的兩個句子，變成「名詞＋yang＋名詞nya＋形容詞」的句型。

1. Saya mau beli kartu. 　　　　　　　　　　我要買卡。

   Saya mau koneksi internet kartu yang cepat. 　我要網路連線快的卡。

   我要買網路連線快的卡。

2. Saya tidak suka kartu itu. 　　　　　　　　我不喜歡那張卡。

   Sinyal kartu itu jelek. 　　　　　　　　　那張卡的訊號很不好。

   我不喜歡那張訊號很不好的卡。

3. Saya pakai kartu ini. 　　　　　　　　　我使用這張卡。

   Harga kartu ini lebih murah. 　　　　　　這張卡的價格比較便宜。

   我使用這張價格比較便宜的卡。

4. Saya tinggal di rumah itu. 　　　　　　　我住在那間屋子裡。

   Halaman rumah itu luas. 　　　　　　　　那間屋子的院子很寬敞。

   我住在那間院子很寬敞的屋子裡。

5. Saya suka makan masakan Indonesia.   我喜歡吃印尼料理。

    Rasa masakan Indonesia pedas.   印尼料理的味道很辣。

    我喜歡吃味道很辣的印尼料理。

6. Saya mau beli baju itu.   我要買那件衣服。

    Harga baju itu mahal.   那件衣服的價格很貴。

    我要買那件價格很貴的衣服。

7. Pria itu teman saya.   那個男子是我的朋友。

    Baju pria itu merah.   那個男子的衣服是紅色的。

    那個穿紅衣的男子是我的朋友。

8. Pria itu sedang makan nasi kuning.   那個男子正在吃薑黃飯。

    Baju pria itu biru.   那個男子的衣服是藍色的。

    那個藍衣男子正在吃薑黃飯。

3 Kosakata Penting 重要詞彙：

MP3-33

Perasaan 感受

bahagia	幸福	bangga	自豪	bingung	困惑
bosan	無聊	cemas	憂慮	cemburu	羨慕
capek	累	gembira	高興	gugup / grogi	緊張
kasihan	可憐	kecewa	失望	kesal	懊惱
kesepian	孤獨	lelah	累	malu	害羞
marah	生氣	menyesal	後悔	santai	放鬆
sedih	傷心	senang	開心	takut	害怕
terharu	感動	terkejut	驚嚇	yakin	信心

Kata sifat 重要的形容詞

benar	真、對	palsu	假
bersih	乾淨	kotor	骯髒
besar	大	kecil	小
betul	對	salah	錯
cepat	快	lambat	慢
jauh	遠	dekat	近
kasar	粗糙	halus	柔軟
longgar	寬鬆	ketat	緊

luas	寬敞	sempit	狹窄
mahal	貴	murah	便宜
panjang	長	pendek	短
ramai	熱鬧	sepi	寂靜

Penampilan 人的外表

tinggi	高	pendek	矮
gemuk	胖	kurus	瘦
gendut	胖	langsing	苗條
cantik	美	jelek	醜
kuat	強壯	lemah	弱
tua	老	muda	年輕
imut	可愛	lucu	有趣
ganteng	帥	keren	酷炫

 小提醒

1. 用來形容房子或樹的「低矮」，是「rendah」。
2. 另一個常用的形容詞「lebar」的意思是「長寬」，通常用來形容道路。

4 Latihan 測驗一下：

A. 聽力練習： MP3-34

Dengarkan percakapan lalu isilah tempat yang kosong.
請聆聽對話，並在空格處填上答案。

Beli kartu di toko telepon.

A: Permisi, Pak. (1)_____.

B: Ya, ada masalah apa?

A: (2)_____. Kartu yang mana (3)_____ di sini?

B: (4)_____, sinyalnya lebih bagus.

A: Bisa tukar ke kartu ini?

B: Ya, bisa, (5)_____.

Terjemahkan jawaban di atas. 請翻譯上述聽力練習。

在電話店買電信卡。

A：不好意思，先生。(1)_____。

B：是，有什麼問題嗎？

A：(2)_____。在這裡哪一張卡的(3)_____？

B：(4)_____，它的訊號比較好。

A：可以去換這張卡？

B：是，可以，(5)_____。

B. 翻譯練習：

Terjemahkan kalimat di bawah ini.　請翻譯下列句子。

(1) 最好用這張卡。

(2) 我常常去這間店，我很少去那間店。

(3) Saya sudah lama di Indonesia. Namun, belum bisa berbahasa Indonesia.

(4) Silakan masuk.

(5) 我很喜歡到天氣晴朗的地方去旅遊。（cuaca 天氣；tempat 地方）

(6) 我要到那間東西便宜的商店購物。（barang 東西；toko 商店）

(7) 我要買網路連線最快的卡。（koneksi internet 網路連線；kartu 卡）

(8) 我喜歡穿紅色的衣服。（warna 顏色；baju 衣服）

C. 口語練習：

Wawancarailah teman Anda dengan pertanyaan di bawah ini.
用下列的問句訪問您的朋友。

(1) Saya mau kartu yang sinyalnya paling kuat.

(2) Kartu yang mana sinyalnya lebih bagus?

(3) Kartu yang mana koneksi internetnya paling cepat?

D. 寫作練習：

Buatlah sebuah karangan bertema "Ulang Tahun Saya yang Ke-18".
寫一篇短文，主題是「我的十八歲生日」。

 好歌大家聽

1. 歌手：Judika
   歌曲：Aku yang Tersakiti
2. 歌手：Domino
   歌曲：Siapa yang Pantas

 你說什麼呀！？ MP3-35

Malas nih ke kampus hari ini!　　　　　　今天懶得去學校！

Males banget hari ini berangkat ke sekolah!　今天懶得去學校！

*「malas」（懶惰）的口語說法是「males」。

不可不知的印知識

印尼的生日必備——圓錐薑黃飯（nasi tumpeng）

　　在印尼慶祝生日，除了會有生日蛋糕之外，很多時候一定會有圓錐形的薑黃飯來搭配各種料理，例如：咖哩雞、辣椒雞蛋、炸黃豆餅、巴東牛肉等等。圓錐薑黃飯（nasi tumpeng）是印尼爪哇島、峇里島和馬度拉島的飲食文化。

　　「tumpeng」這個字是印尼語「圓錐」的意思，但是「tumpeng」這個字也和爪哇語的一句話有關係，即「yen metu kudu sing mempeng」，意思是「出門在外，要努力」。這種圓錐形的薑黃飯在許多的宴會、節慶以及祝禱會（slametan）中，被當作表達感激、感恩含意的食物。

　　很多人都會奇怪，為什麼要做成圓錐形呢？那是因為印尼人，特別是爪哇人所居住的爪哇島有很多火山。在爪哇島、峇里島，人們對於高山有崇敬的心，所以做菜時將環境與地景融入料理中，因此從料理也看得到文化的精髓。

　　圓錐薑黃飯其實是一道綜合料理，有圓錐形的薑黃飯立在中間，周圍擺放著不同的料理，基本上是蔬菜、海鮮和肉類並重。雖然配菜的數量不一定，但是在傳統爪哇的習俗中，通常會放七種菜色。因為「七」在爪哇語中是「pitu」，代表「幫助」（pertolongan），象徵了人們從上帝手中得到很多的幫忙。

　　在宴會中，當所有儀式進行完畢之後，大家就會來分食這個圓錐薑黃飯。這時候，人們會把頂端的薑黃飯切下來，獻給最年長、最受尊敬、最重要的長輩食用。這顯示出傳統爪哇文化中敬老尊賢的傳統。在這些有圓錐薑黃飯的盛會中，也會被稱作是「tumpengan」，字面的意思就是「有圓錐薑黃飯的盛會」。

　　近年來，印尼社會也會舉辦料理比賽，尤其在一些重要節慶的前一天，會舉行料理圓錐薑黃飯的大會，不僅味道要好，造型也要特別，才能贏得優勝。

你知道嗎？

印尼人的創意層出不窮，生日吃蛋糕或圓錐薑黃飯已經不是新鮮事了。大家也都知道印尼人喜歡吃泡麵，所以有人便靈機一動，把泡麵和生日蛋糕結合在一起，將泡麵拼成一個蛋糕的造型，創造出新的商品，那就是泡麵蛋糕，結果大受歡迎。如果有興趣，請上網搜尋「kue ultah mi instan」（泡麵生日蛋糕），就可以找到相關資訊囉！

Pelajaran **8**

Wisata: Saya mau menyewa mobil.
旅遊：我要租車。

生活智慧

Orang berbudi kita berbahasa,
orang memberi kita merasa.
知恩圖報。

學習重點

1. 學習表達要租車的相關問句。
2. 學習旅遊景點、旅遊活動的說法。
3. 學習文法：學習連接詞「sementara」（而、於此同時）的用法。
4. 學習文法：學習環綴「se...nya」的用法。
5. 學習文法：學習介係詞「tentang」（關於）的用法。
6. 學習文法：學習動詞前綴「ber-」的變化與功能。
7. 閱讀短文：「Saya menyewa mobil di Bali」（我在峇里島租車）。

1 Saya mau menyewa mobil. 我要租車。

MP3-36

Banyak orang ingin berlibur ke Pulau Bali. Wayan berencana untuk berkunjung ke objek wisata yang terkenal seperti Pantai Kuta, Pura Ulun Danu Bratan, dan sawah bertingkat Jatiluwih di Bali.

Wayan: Putri, liburan akhir tahun ini saya ingin ke Pulau Bali. Mau ikut?

Putri: Asyik! Biayanya kira-kira berapa?

Wayan: Kita bisa menginap di rumah teman saya yang terletak di Ubud.

Putri: Wah! Ubud menarik sekali.

Wayan: Saya mau berjalan-jalan di sawah, bersembahyang di pura sementara kamu bisa berselancar di pantai.

Putri: Saya dengar, kalau di Bali, menyewa mobil lebih mudah dan praktis.

Wayan: Kita juga bisa menyetir mobil atau bersepeda berkeliling Ubud kalau sempat.

Putri: Seharusnya saya belajar tentang Bali dulu sebelum berangkat.

Wayan: Nanti saya bercerita kepada kamu tentang sejarah Bali.

🌸 重點生字！

berlibur	放假	berkunjung	拜訪、去	pantai	海邊
pura	廟	sawah	稻田	bertingkat	有階層
liburan	假期	asyik	開心	biaya	費用
menginap	留宿	bersembahyang	祈禱	sementara	而、同時
berselancar	衝浪	menyewa	租	mudah	方便
praktis	實用	menyetir	駕駛	bersepeda	騎腳踏車
sempat	有機會	seharusnya	應該	bercerita	述說
tentang	關於	sejarah	歷史		

 小提醒

「berlibur」、「liburan」的字根是「libur」（假期）；「berkunjung」的字根是「kunjung」（拜訪）；「bertingkat」的字根是「tingkat」（層級）；「menginap」的字根是「inap」（過夜）；「bersembahyang」的字根是「sembahyang」（拜拜）；「berselancar」的字根是「selancar」（衝浪）；「menyewa」的字根是「sewa」（租）；「menyetir」的字根是「setir」（駕駛）；「bersepeda」的字根是「sepeda」（腳踏車）；「bercerita」的字根是「cerita」（故事）。

中文翻譯：

很多人想要到峇里島去度假。Wayan計劃到峇里島著名的旅遊景點參訪，例如：
庫搭海邊、布拉坦水神廟和佳地陸威梯田。

Wayan： Putri，這個年底的假期，我想要去峇里島。要跟嗎？

Putri： 好棒喔！費用大概多少？

Wayan： 我們可以在我位於烏布的朋友的家留宿。

Putri： 哇！烏布很有趣耶！

Wayan： 我要在稻田逛逛、在廟裡拜拜，而你可以在海邊衝浪。

Putri： 我聽說，如果在峇里島，租車比較方便實用。

Wayan： 如果有時間，我們也可以開車或騎腳踏車繞繞烏布。

Putri： 在出發之前，我應該先學習峇里島（的事）。

Wayan： 待會兒我跟你說說關於峇里島的歷史。

 # 文法真簡單（一）：

1 關於「費用」各種說法：

在印尼語中，要表達「費用、價錢」等等，有不同的用法。其中包括「harga」（物品的價格）、「biaya」（生活或學校相關的費用）、「ongkos」（寄送、運送相關的費用）、「tarif」（交通相關的費用）。

例如

- harga barang 　　物價
- biaya sekolah 　　學費
- ongkos kirim 　　運費、郵費
- tarif taksi 　　計程車費

2 連接詞「sementara」（而、在這同時）的用法：

時間連接詞「sementara」用於「連接不同主詞在同樣時間進行的兩件事情」，類似英語的「*while*」。「sementara」一般是位在句子之間，另外還有「sementara itu」（於此同時）則用在句首。

例如

- Wayan bermain bola sementara Putri mencuci baju.
  Wayan在玩球，而Putri在洗衣服。
- Wayan bermain bola. Sementara itu, Putri mencuci baju.
  Wayan在玩球。於此同時，Putri在洗衣服。

3 關於「sempat」（有時間、有機會）的用法：

「sempat」的用法很普遍，也用來表達「來得及」的概念。另外，「sempat」也是副詞，表達「曾經」、「能夠」、「有辦法」的意思。

- Kalau sempat, saya akan pergi.　如果有機會，我會去。
- Saya belum sempat pergi ke warung makan itu meskipun sudah satu bulan di sini.
  我還未曾去過那間餐廳，雖然已經在這裡一個月。

4 關於環綴「se...nya」的用法：

印尼語的文法中，涉及很多的前綴、後綴和環綴。「se...nya」是一種形成副詞的環綴，例如：「seharusnya」（應該）、「setidaknya」（至少）、「sebenarnya」（其實）和「sebaiknya」（最好）等等。這一類的副詞通常是放在句首或主詞之後。

例如

字根	中文意思	加上se-nya	中文意思
harus	應該	seharusnya	應該
tidak	不	setidaknya	至少
benar	真、對	sebenarnya	其實
baik	好	sebaiknya	最好

例如

* Kamu seharusnya sedang makan, bukan merokok.
  你應該在吃飯，而不是抽菸。
* Setidaknya saya pernah berjuang.　　　　　　至少我奮鬥過。
* Sebenarnya dia bukan pacarku.　　　　　　其實他不是我的情人。
* Sebaiknya cepat-cepat saja berangkat supaya tidak terlambat.
  最好趕快出發，以便不會遲到。

5 介係詞「tentang」（關於）的用法：

當論及某些事情或議題時，可以用介係詞「tentang」來指示，同義詞為「mengenai」（關於）。

* Saya bisa bercerita tentang diri sendiri.　　我可以說說（關於）自己的事。
* Nanti ada rapat.　　　　　　　　　　　待會兒有會議。
  Tentang apa?　　　　　　　　　　　　關於什麼？

補充生字：

berjuang	奮鬥	terlambat	遲到	nanti	待會兒
rapat	會議				

練習一下（一）：請翻譯下列句子。

1. 在雅加達的生活費很高。

2. 我看書，而媽媽在寫信。（membaca　閱讀；surat　信）

3. 我還沒吃，因為來不及（沒有時間）。

4. Ini adalah informasi tentang saya.（informasi　資訊）

5. Setidaknya kita pernah bersama.

6. Sebenarnya saya masih belajar.

7. Ini adalah cerita tentang kita.（cerita　故事）

8. Minggu ini kita mau bahas tentang cerita itu.（bahas　討論）

2 Saya menyewa mobil di Bali 我在峇里島租車

 MP3-37

Hari Sabtu lalu adalah pertama kalinya saya naik pesawat dan pertama kalinya juga saya ke Bali. Saya berangkat ke Bali pada jam sembilan pagi. Sesampainya di Bandara I Gusti Ngurah Rai, saya segera menyewa mobil.

Saya bertemu dengan Mas Wayan yang berkumis dan berbaju merah. Orangnya ramah sekali. Mas Wayan bertanya, "Mau jenis mobil apa, Pak?" Setelah memilih mobil yang saya mau, saya bersiap untuk bayar biaya sewa. "400.000 Rupiah termasuk biaya sopir," kata Mas Wayan. Saya membayar dengan kartu kredit dan lantas pergi makan malam di pinggir pantai Kuta. Saya sungguh bersenang-senang di sana.

🌸 重點生字！

segera	馬上	berkumis	有鬍子	bertanya	問
jenis	種類	memilih	選擇	bersiap	準備
sopir	司機	kata	說	lantas	直接、然後
sungguh	非常	bersenang-senang	很快樂		

 小提醒

「berkumis」的字根是「kumis」（鬍子）；「bertanya」的字根是「tanya」（問）；「memilih」的字根是「pilih」（選擇）；「bersiap」的字根是「siap」（準備）；「bersenang-senang」的字根是「senang」（開心）。

短文翻譯：

上禮拜六是我第一次搭飛機，也是我第一次到峇里島。我在早上九點出發到峇里島。一到達伊古斯底伍拉萊機場，我馬上去租車。

我見到留鬍子和穿著紅衣服的Wayan大哥。他很熱情。Wayan大哥問：「先生，要什麼類型的車？」在選擇了我所要的車子之後，我準備付租金。「包括司機的費用是四十萬印尼盾。」Wayan大哥說道。我用信用卡付了錢，接著到庫搭海邊去吃晚餐。在那裡，我非常快樂。

文法真簡單（二）：動詞前綴「ber-」

　　印尼語的動詞變化，主要是用前綴和環綴的方式來建構。所以除了字根本身是動詞之外，我們也可以用前綴或環綴的方式，將名詞或形容詞改變成動詞。今天先學習其中一個最普遍的主動動詞前綴「ber-」。動詞前綴「ber-」有三種形式，即「ber-」、「be-」、「bel-」。而動詞前綴「ber-」所形成的動詞，通常是不及物動詞，其功能有：(1)進行動作、(2)擁有、(3)騎乘、(4)穿戴。

1 前綴「ber-」的形式：

　　前面提到，前綴「ber-」有「ber-」、「be-」、「bel-」三種形式。依不同的字根，會搭配不同的「ber-」前綴。

(1) 前綴「ber-」：

　　大部分的字根，都搭配「ber-」。

例如

- belanja　購物　→　berbelanja　購物
- wisata　旅遊　→　berwisata　旅遊
- sama　一起　→　bersama　一起

(2) 前綴「be-」：

　　有兩個情況，使得下列的字根是搭配「be-」。

① 字根開頭為「r」。

例如

- ratus　百　→　beratus　好幾百
- renang　游泳　→　berenang　游泳

② 某些包含「r」的字。

(例如)

- kerja　工作　　　　→　bekerja　工作
- serta　連同、參與　→　beserta　連同、參與

(3) 前綴「bel-」：

　　只有一個字根搭配「bel-」，即「ajar」（教）。

(例如)

- ajar　教　→　belajar　學習

2 前綴「ber-」的功能：

　　前面也提到，動詞前綴「ber-」所形成的動詞，通常是不及物動詞，其功能大致可歸納為以下四種：

(1) 進行動作，通常是不及物的動作。

(例如)

- Saya suka berwisata.　　　　　　　我喜歡旅遊。
- Anak-anak suka bermain.　　　　　小孩子們喜歡玩。
- Saya bekerja di Taipei.　　　　　　我在台北工作。
- Saya belajar bahasa Indonesia di sekolah.　我在學校學習印尼語。

(2) 形成「擁有」的意思。

(例如)

- Saya bernama Wati.　　　　　　　我（有）名字Wati。
- Saya bermata besar.　　　　　　　我有大眼睛。

(3) 形成「駕駛、騎乘」的意思。

例如

- Saya bersepeda ke sekolah.　　　　　我騎腳踏車去學校。
- Saya bermobil ke kantor.　　　　　　我開車去辦公室。

(4) 形成「穿、戴」的意思。

例如

- Saya berbaju hitam.　　　　　　　　我穿黑色衣服。
- Saya bercelana panjang.　　　　　　我穿長褲。

3 前綴「ber-」的不及物動詞句型：

　　不及物動詞句型通常搭配介係詞，形成補充語，例如「di」（在）、「ke」（去）、「kepada」（於、給）、「dengan」（跟）、「tentang」（關於）等。

例如

- Saya suka bercanda.　　　　　　我喜歡開玩笑。
- Saya bekerja di bank.　　　　　　我在銀行工作。
- Saya belajar dengan keras.　　　　我很努力地學習。
- Saya berjalan kaki ke sekolah.　　我走路去學校。
- Saya berbicara tentang keluarga.　我談論（關於）家庭。
- Saya bertanya kepada kamu.　　　我問你。

 小提醒

動詞前綴ber-還有其他功能，例如：

1. 「ber-」和數字連接時，帶有「連結數字之集合」、「表示複數的單位」的意思。例如：「bersatu」（團結）、「berdua」（兩個一起）、「bertiga」（三個一起）、「beratus-ratus」（好幾百）。
2. 加在「情緒」、「感覺」的形容詞前面時，表示帶有其狀態，例如：「bersedih」（難過）、「bersenang-senang」（很開心）。

練習一下（二）：
翻譯成帶有動詞前綴「ber-」的句子。

1. 我喜歡騎腳踏車去辦公室。

2. 我在台北工作。

3. 我在學校裡學習印尼語。

4. 那顆榴槤有刺，那枝（朵）玫瑰也有刺。（mawar 玫瑰）

5. 他穿著紅色的衣服和黃色的領帶。

6. 我們曾經在台北見過面。

7. 那棵樹開花又結果。（pohon 樹）

8. 我喜歡旅遊和學習外語。（bahasa asing 外語）

9. 我要在購物中心購物。

10. 我跟我家人一起住在台北。

3 Kosakata Penting　重要詞彙：

MP3-38

Objek Wisata　旅遊景點

air panas	溫泉	air terjun	瀑布
benteng	碉堡	bukit	山坡
candi	寺廟	danau	湖
gunung	山	kawah	火山口
keraton	皇宮	laut	海
museum	博物館	pantai	海邊
pura	寺廟	sawah	稻田
sendratari	歌舞表演	situs peninggalan sejarah	歷史遺址
sungai	河流	taman	公園
tarian	舞蹈	tugu	碑
upacara	儀式		

Kegiatan Wisata　旅遊活動

arung jeram	激流泛舟	berbelanja	購物
berenang	游泳	berjalan-jalan	逛逛
berkunjung	拜訪、參觀	berselancar	衝浪
bertamasya	觀光	bertualang	冒險、流浪
berwisata	旅遊	membeli	買
memotret	拍照	mendaki	爬（山）
menginap	住宿	menikmati	享受
menjelajahi	探索	menyewa	租
menyelam	潛水	pijat	按摩

4 Latihan 測驗一下：

A. 聽力練習：🔊 MP3-39

Dengarkan percakapan lalu isilah tempat yang kosong.
請聆聽對話，並在空格處填上答案。

Menyewa Mobil di Bali

Wayan:　Bu, (1)_____.

Pelayan: Mau jenis mobil apa?

Wayan:　Mobil (2)_____, Bu.

Pelayan: Bagaimana dengan yang ini?

Wayan:　Baik. (3)_____?

Pelayan: Berapa hari Anda mau pakai?

Wayan:　Dua hari.

Pelayan: Kalau begitu, (4)_____.

Wayan:　(5)_____?

Pelayan: Ya, termasuk sopir dan bensin.

Terjemahkan jawaban di atas. 請翻譯上述聽力練習。

在峇里島租車

Wayan：　女士，(1)_____。

服務員：　要什麼類型的車？

Wayan：　(2)_____車就好，女士。

服務員：　這個怎麼樣？

Wayan： 好的。(3)_____?

服務員：你要用幾天？

Wayan： 兩天。

服務員：如果那樣，(4)_____。

Wayan： (5)_____?

服務員：是的，已經包括司機和汽油。

B. 翻譯練習

Terjemahkan kalimat di bawah ini ke dalam bahasa Indonesia.
請將下列句子翻譯成印尼語。

(1) 我要租車。

(2) 你要租什麼車？

(3) 你比較喜歡自己開車還是用司機？

(4) 我們可以在飯店住宿兩天。

(5) 我要騎腳踏車繞繞市區。

(6) 我要邀約你來我家。

(7) 你應該要穿紅衣服。

(8) 我在游泳，而他在騎機車。

C. 口語練習

Wawancarailah teman Anda dengan pertanyaan di bawah ini.
用下列的問句訪問您的朋友。

(1) Menjelang libur panjang, kamu berencana untuk berwisata ke mana?

(2) Kalau ke Bali, kamu lebih suka menyewa mobil pakai sopir atau menyetir sendiri?

(3) Coba sewa sebuah mobil.

D. 寫作練習：

Buatlah sebuah karangan bertema "Perjalanan Wisata Saya pada Libur Akhir Pekan".
寫一篇短文，主題是「我週末的旅遊行程」。

 好歌大家聽

1. 歌手：Peterpan
   歌曲：Semua Tentang Kita
2. 歌手：Ipang
   歌曲：Tentang Cinta
3. 歌手：Geisha
   歌曲：Seharusnya Percaya

 你說什麼呀！？ MP3-40

Astaga, itu dia. Gayanya sok banget!	天啊！就是他。他很自以為是！
Asyik! Bisa cepat pulang!	太棒啦！可以趕快回家！

不可不知的印知識

集文化、旅遊、藝術、宗教於一身的峇里島（Pulau Bali）

　　峇里島的知名度，無論在旅遊或學術研究上，無疑是印尼各島嶼中最高的。就自然環境而言，峇里島有得天獨厚的地形，她的中北部是火山噴發後的群山，東部地勢較高，而西部較低，南部大部分位於平原，也是居民聚集的地方，多元的地形造就其瑰麗的景色以及豐厚的土壤。全島有四座以上的錐形火山峰，其中阿貢火山（Gunung Agung）海拔3,142公尺，為島上最高點，峇里島人視其為最神聖的地方。

　　峇里島也被稱作神仙島（Pulau Dewata），因為島上有非常多大大小小的寺廟，從大的海神廟，例如「達納陸」（Tanah Lot），一個位於海邊的岩石上的寺廟，一直到稻田中小小的石碑，都是當地人每日祭拜的寺廟。由於這些寺廟通常都是用峇里島的火山石所建造，因此外觀是黑色的石頭建築。如果剛好沒有特殊的宗教活動，寺廟給人一種荒涼寂靜的感覺，看起來以為是廢棄的寺廟。

在峇里島的寺廟，最普遍的名稱是「pura」。雖然峇里島有很多寺廟，但大致可分為三種主要的寺廟：灌溉寺廟、地方寺廟以及宗族寺廟。每一座寺廟大部分有三個中庭，即「三個區域」（Tri Mandala）的概念，其中「Tri」是「三」、「Mandala」是「地區」的意思。最外面的中庭通常是花園，一些表演會在這裡舉行；中間的中庭則是信徒的活動空間；最裡面的中庭是最神聖的地方，通常只有祭司在舉行祭拜活動時才能進入。

而峇里島南部（阿貢山以南）的每個家庭，在家裡的東北邊的角落，即阿貢山的位置，還有自己的家祠。到了峇里島，看到那些有圍牆的神龕，通常都是供奉著該家庭祖先的神靈。峇里島人每日重要的活動，就是早上準備白飯或是其他的食物，供奉祖先。而下午，則是準備花朵等祭品，供奉祖先。日復一日，風雨不改。因此，暢遊峇里島的時候，也別忘了尊重當地人的生活方式囉！

 你知道嗎？

印尼的電影產業相當發達，如果要推薦印尼當代電影，一定要先推薦2008年上映的《彩虹戰士》（Laskar Pelangi）。這部電影翻拍自印尼同名暢銷小說，中文譯本為《天虹戰隊小學》。故事描述在印尼勿里洞島（Belitung）上一個破舊的小學，老師們努力辦學，不放棄十位學生的教育，老師和學生努力上進的心，感動了全印尼。這部小說改編的電影，成為了當時史上最賣座的電影，鼓勵著印尼人勇敢追求夢想。有機會把小說和電影找來看看吧！

Pelajaran **9**

Warung makan: Apa yang Anda sarankan?

餐廳：有什麼推薦的？

生活智慧

Sambil menyelam minum air.
一舉兩得。

學習重點

1. 學習在餐廳點餐、詢問招牌料理的說法。
2. 學習印尼食物、飲料等的名稱。
3. 學習文法：學習連接詞「bahkan」（甚至）的用法。
4. 學習文法：學習關於「多於」和「少於」的用法。
5. 學習文法：學習連接詞「sambil」（一邊）的用法。
6. 學習文法：學習連接詞「yang」（的）＋「ber-」動詞形容詞子句＝（yang＋ber-）
7. 閱讀短文：「Makanan Khas Yogyakarta」（日惹特色美食）。

1 Apa yang kamu sarankan? 有什麼推薦的？

MP3-41

Pak Wayan berkunjung ke Rumah Makan Bale Raos di Yogyakarta. Rumah makan ini terkenal di daerah keraton bahkan di seluruh Yogyakarta.

Pramusaji: Selamat siang, Pak, selamat datang.

Wayan: Saya mau memesan meja untuk dua orang.

Pramusaji: Baik. Kami ada lebih dari sepuluh tempat duduk tersedia.

Wayan: Minta menunya. Apa yang Anda sarankan?

Pramusaji: Saya sarankan Anda memesan bistik Jawa. Itu menu khas kami.

Wayan: Bistik Jawa memang istimewa.

Pramusaji: Daging sapi yang berbumbu itu rasanya gurih.

Wayan: Baik, saya coba. Untuk minum, saya pesan Bir Jawa.

Pramusaji: Pilihan yang tepat. Mau pesan apa lagi?

Wayan: Itu saja, terima kasih.

Pak Wayan menunggu pesanan sambil mengamati sekeliling. Ada beberapa pengunjung yang berpakaian hitam makan siang di sana.

🌸 重點生字！

daerah	地區	bahkan	甚至	seluruh	全部
pramusaji	服務員	memesan	訂購	tersedia	準備好
sarankan	建議	bistik	牛排	menu	菜單
memang	的確	istimewa	特別	gurih	美味
menunggu	等待	sambil	一邊	mengamati	觀察
sekeliling	周圍	beberapa	一些	pengunjung	訪客
berpakaian	著裝				

 小提醒

「memesan」的字根是「pesan」（留言、訂購）；「tersedia」的字根是「sedia」（準備）；「sarankan」的字根是「saran」（建議）；「menunggu」的字根是「tunggu」（等待）；「mengamati」的字根是「amat」（觀察、關注）；「sekeliling」的字根是「keliling」（周圍）；「beberapa」的字根是「berapa」（多少）；「pengunjung」的字根是「kunjung」（拜訪）；「berpakaian」的字根是「pakaian」（服裝）。

❀ **中文翻譯：**

Wayan先生到日惹的Bale Raos餐廳造訪。這間餐廳在皇宮區甚至整個日惹都很著名。

服務員：午安，先生，歡迎光臨。

Wayan：我要訂兩個人的桌子（座位）。

服務員：好的，我們有超過十個準備好了的座位。

Wayan：請給我菜單。您推薦什麼呢？

服務員：我建議您點爪哇牛排。那是我們的特色餐點。

Wayan：那道爪哇牛排的確很特別。

服務員：用香料醃製的牛肉味道很美味。

Wayan：好的，我試試。飲料的話，我點爪哇啤酒。

服務員：正確的選擇。還要點什麼嗎？

Wayan：就這樣，謝謝。

Wayan先生一邊等待餐點一邊觀察四周。有幾個穿著黑色衣服的訪客在那裡吃午餐。

文法真簡單（一）：

1 連接詞「bahkan」（甚至）的用法：

連接詞「bahkan」用來連接兩個不同程度的句子。

例如

- Masalah ini sudah berlangsung selama beratus-ratus tahun, <u>bahkan</u> mungkin ribuan tahun lamanya.

  這個問題已經發生幾百年了，甚至可能幾千年。

- <u>Bahkan</u> saya sendiri lupa pernah menuliskan ini.

  甚至（連）我自己（都）忘記曾經寫過這個。

2 關於印尼語「全部」的說法：

在印尼語中，「全部」有幾個字可以使用，主要有兩個比較常見，即「semua」和「seluruh」。「semua」大多用在可數的事物上，「seluruh」則用在表達將事物視為一個整體的時候。

例如

- <u>semua</u> pelajar　　全部的學生
- <u>semua</u> orang　　全部的人
- <u>seluruh</u> badan　　全身
- <u>seluruh</u> dunia　　全世界

3 關於印尼語「多於」和「少於」的用法：

在印尼語中，要表達「超過」的概念，通常會使用「lebih dari」（超過、多於），而「少於」的概念，使用「kurang dari」（少於）。

例如

- Teman di "Facebook" saya lebih dari seribu orang.
  我在臉書上的朋友超過一千人。
- Waktu tidur saya kurang dari enam jam sehari.　我的睡眠時間一天少於六小時。

4 副詞「memang」（其實、的確、真的）的用法：

副詞「memang」用在需要強調的句子上，通常也會加上「begitu」（那樣、如此），形成「memang begitu」（的確如此）。

例如

- Itu memang kerja saya.　　　　　　　那真的是我的工作。
- Ya memang begitulah ibu saya.　　　　是的，我媽媽就是那樣。
- Kamu memang berkata begitu.　　　　　你真的這麼說。

5 關於印尼語「特別」的用法：

印尼語的「特別」有很多字，比較常見的是「khas」、「khusus」，其他的還有「istimewa」、「spesial」和「unik」。有幾個特別的名詞，會使用特定的字。

例如

- Daerah Khusus Ibukota Jakarta　　　　雅加達首都特別地區
- Daerah Istimewa Yogyakarta　　　　　日惹特區
- Makanan khas Indonesia　　　　　　　印尼特色美食

6 連接詞「sambil」（一邊）的用法：

　　連接詞「sambil」用來連接同一個主詞同時進行的兩個動作。要注意，「sambil」（一邊）與第八課教過的「sementara」（同時）不一樣，「sementara」指的是同一時間，兩個不同主詞進行不同的動作。

例如
- Saya membaca buku sambil minum kopi.　　　　　　我一邊看書一邊喝咖啡。
- Saya berenang sambil melihat panorama kota Singapura di Hotel Marina Bay.
  我在金沙飯店一邊游泳一邊看著新加坡的城市景色。

補充生字：

| berlangsung | 進行、發生 | menuliskan | 寫下 | panorama | 景色 |

練習一下（一）：請翻譯下列句子。

1. 台灣的水果很甜，甚至很新鮮。

2. 我的體重多於五十公斤。（berat badan　體重）

3. 我的錢包裡的錢少於一千元。

4. 我所有的朋友到了之後，我們就開始唱歌。（bernyanyi　唱歌）

5. 吃了蝦子之後，我的全身發癢。（gatal　癢）

6. 如果你去台灣旅遊，你必須試試台灣的特色美食。

7. 爸爸一邊喝茶一邊問我：「哪一個比較好？」

8. Ada banyak orang Indonesia bekerja di Taiwan bahkan ada yang menjadi menantu Taiwan.（menantu　媳婦、女婿）

2 Makanan Khas Yogyakarta 日惹特色美食

🔊 MP3-42

Gudeg dikenal sebagai makanan khas dari Yogyakarta. Makanan khas Yogya ini bahkan menjadikan Yogyakarta dikenal sebagai kota Gudeg. Gudeg adalah makanan dengan nangka yang dimasak selama berjam-jam dengan menggunakan santan dan bumbu-bumbu. Oleh karena itu, Gudeg rasanya gurih dan sedikit manis.

Pusat Gudeg yang berada di daerah Wijilan terdapat banyak warung-warung Gudeg di sepanjang jalan. Gudeg yang berasal dari Yogyakarta biasanya dimakan dengan nasi, telur, dan tahu.

Ada sebuah cerita yang beredar di masyarakat tentang warna cokelat pada Gudeg itu adalah darah ayam. Namun, mitos ini tidak benar, karena warna cokelat itu sebenarnya dari daun kelor.

 重點生字：

dikenal	被認識	menjadikan	使⋯⋯變成	dimasak	被煮
berjam-jam	好幾個小時	menggunakan	使用	beredar	流傳、傳遞
masyarakat	社會	darah	血	mitos	傳說、神話
daun kelor	辣木葉				

🌸 **短文翻譯：**

　　日惹滷味（Gudeg）被視為是來自日惹的特色美食。這個日惹的特殊料理甚至讓日惹被視為是滷味城。日惹滷味是一道將波羅蜜以椰漿和各種香料熬煮好幾個小時的料理。因此，日惹滷味的味道是美味中還帶一點甜。

　　位於Wijilan地區的Gudeg中心，一路上有很多Gudeg餐廳。來自日惹的日惹滷味，通常和飯、雞蛋和豆腐一起吃。

　　有一個在社會上流傳的故事，關於Gudeg上的巧克力色是雞血。然而，這都市傳說並不正確，因為那個巧克力色其實是來自辣木葉。

小提醒

　　「dikenal」的字根是「kenal」（認識）；「menjadikan」的字根是「jadi」（成為）；「dimasak」的字根是「masak」（煮）；「berjam-jam」的字根是「jam」（小時）；「menggunakan」的字根是「guna」（使用）。

文法真簡單（二）：連接詞「yang」（的）與「ber-」動詞形容詞子句（yang＋ber-）

我們曾經在第五、六、七課學習了形容詞子句。在這一課中，學習的一樣也是形容詞子句，不過是由動詞「ber-」所形成的形容詞子句。句型上同樣使用「yang」（的）來連接。這樣的句型「yang＋ber-動詞形容詞子句」，可以把兩個以上的相關句子連結起來。

其句子結構如下：

句型1：

普通主詞 ＋ yang ＋ ber-動詞形容詞子句 ＋ 指示代名詞 ＋ 補語
Pria ＋ yang ＋ berasal dari Indonesia ＋ itu ＋ pacar saya
男子　　的　　　來自印尼　　　　那　　　我的情人
→ 那位來自印尼的男子是我的情人。

句型2：

普通主詞 ＋ yang ＋ ber-動詞形容詞子句 ＋ 指示代名詞 ＋ 動詞 ＋ 受詞
Pria ＋ yang ＋ berasal dari Indonesia ＋ itu ＋ suka makan ＋ mi
男子　　的　　　來自印尼　　　　那　　喜歡吃　麵
→ 那個來自印尼的男子喜歡吃麵。

例如

• Anak itu bermain di pantai.　　　　那個小孩在海邊玩。
　Anak itu anak teman saya.　　　　那個小孩是我朋友的小孩。
　→ Anak yang bermain di pantai itu anak teman saya.
　那個在海邊玩的小孩是我朋友的小孩。

• Wanita itu bekerja di bank.　　　　那個女子在銀行工作。
　Wanita itu sedang makan nasi kuning.　那個女子正在吃薑黃飯。
　→ Wanita yang bekerja di bank itu sedang makan nasi kuning.
　那個在銀行工作的女子正在吃薑黃飯。

如果用本課的句子來舉例的話，就有下列幾個例子：

- Daging sapi itu berbumbu.　　　　　　　那個牛肉有（佐以）香料。

  Daging sapi itu rasanya gurih.　　　　　那個牛肉味道很好吃。

  → Daging sapi yang berbumbu itu rasanya gurih.

  那個佐以香料的牛肉，味道很好吃。

- Gudeg berasal dari Yogyakarta.　　　　　日惹滷味來自日惹。

  Gudeg biasanya dimakan dengan nasi, telur, dan tahu.

  日惹滷味通常跟飯、雞蛋和豆腐一起吃。

  → Gudeg yang berasal dari Yogyakarta biasanya dimakan dengan nasi, telur, dan tahu.

  來自日惹的日惹滷味，通常跟飯、雞蛋和豆腐一起吃。

練習一下（二）：

請將兩個句子改寫成含有「yang＋ber-動詞」的形容詞子句的句型。

1. Siswa itu berasal dari Indonesia.　　　那位學生來自印尼。
   Siswa itu suka sekali nasi Gudeg.　　那位學生很喜歡日惹滷味飯。

   那位來自印尼的學生很喜歡日惹滷味飯。

2. Pelajar itu belajar bahasa Indonesia　那位學生學習印尼語。
   Pelajar itu naik bus ke sekolah.　　　那位學生搭巴士去學校。

   那位學印尼語的學生搭巴士去學校。

3. Pria itu berkumis.　　　　　　　　那個男子留鬍子。
   Pria itu tinggal di Bali.　　　　　　那個男子住在峇里島。

   那個留鬍子的男子住在峇里島。

4. Anak kecil itu berdiri di depan toko.　那個小孩站在店前面。
   Anak kecil itu baru pulang dari sekolah.　那個小孩剛從學校回來。

   那個站在店前面的小孩，剛從學校回來。

5. Karyawan itu bekerja di bank.　　　那位職員在銀行上班。

Karyawan itu biasanya makan siang di warung mi.

那位職員通常在那間麵店吃午餐。

那位在銀行上班的職員，通常在那間麵店吃午餐。

6. Nasi Gudeg itu berwarna cokelat.　　那（碗）日惹滷味飯有著巧克力色。

Nasi Gudeg itu rasanya enak.　　　　那（碗）日惹滷味飯的味道很美味。

那（碗）有著巧克力色的日惹滷味飯，味道很美味。

7. Pria itu berbaju merah.　　　　　那個男子穿紅衣。

Pria itu teman saya.　　　　　　那個男子是我的朋友。

那個穿紅衣的男子是我的朋友。

8. Pria itu berbaju biru.　　　　　那個男子穿藍衣。

Pria itu sedang makan nasi kuning.　那個男子正在吃薑黃飯。

那個穿藍衣的男子正在吃薑黃飯。

3 Kosakata Penting 重要詞彙

MP3-43

Makanan Pokok 主食

beras ketan	糯米	beras merah	糙米	bihun	米粉
bubur	粥	mi	麵	misoa	麵線
nasi putih	白飯	sohun	冬粉	roti	麵包

Daging 肉類

abon	肉鬆	angsa	鵝	ayam	雞
babi	豬	bakso	肉丸	bebek	鴨
bistik	牛排	dada ayam	雞胸	dendeng	肉乾
iga	排骨	kambing	羊	paha ayam	雞腿
sapi	牛	sayap ayam	雞翅	sosis	香腸

Makanan Laut 海鮮

belut	鰻魚	cumi-cumi	魷魚	gurita	章魚
ikan	魚	kakap	鱸魚	kepiting	蟹
kerang	蛤蜊	rumput laut	海帶	salem	鮭魚
sarden	沙丁魚	sotong	烏賊	tiram	牡蠣
tuna	鮪魚	udang	蝦		

Makanan Khas Indonesia　印尼特色料理

babi guling	烤乳豬	bebek goreng	炸鴨飯	bubur ayam	雞肉粥
gado-gado	涼拌蔬菜	gulai ayam	咖哩雞	iga penyet	牛排辣椒
kari ayam	咖哩雞	kerak telur	印尼蛋餅	kerupuk	炸蝦餅
ketupat	椰葉飯糰	lontong sayur	蔬菜飯糰	lotek	涼拌蔬菜
mi bakso	肉丸麵	nasi gudeg	日惹滷味飯	nasi kuning	薑黃飯
nasi uduk	椰漿飯	opor ayam	椰汁雞	otak-otak	烤魚漿餅
pangsit goreng	炸餛飩	pecel	涼拌蔬菜	pecel lele	鯰魚飯
pempek	印尼關東煮	rendang	牛肉咖哩	rujak	涼拌水果
sate	烤肉串	siomay	燒賣	soto ayam	雞湯
sup buntut	牛尾飯	telur dadar	烘蛋	tempe goreng	炸黃豆餅

Minuman Khas Indonesia　印尼特色飲料

air kelapa	椰子水	bajigur	黑糖椰汁水	bandrek	薑茶
bir pletok	草藥汁	es cendol 珍多冰（粉粿冰）		es doger	剉冰	
es kolak 波波瓜瓜（水果樹薯湯）		es kolang kaling 亞答子冰（棕櫚果冰）		es selendang mayang 果凍冰	
es teler	水果冰	kopi pahit	黑咖啡	lahang	甘蔗汁
sekoteng	薑茶	teh tawar	無糖茶	wedang ronde	湯圓甜湯

Alat Makan 餐具

cangkir	杯子	garpu	叉子	gelas	玻璃杯
mangkuk	碗	piring	盤	pisau	刀子
sendok	湯匙	sendok teh	茶匙	sumpit	筷子

Rasa 味道

asam	酸	asin	鹹	hambar	淡
manis	甜	pahit	苦	pedas	辣

4　Latihan　測驗一下：

A. 聽力練習： 🔊 MP3-44

Dengarkan percakapan lalu isilah tempat yang kosong.
請聆聽對話，並在空格處填上答案。

Memesan di Warung Makan

Pramusaji: Selamat datang, Pak.

Wayan:　　Apakah (1)_____?

Pramusaji: Ada banyak. (2)_____.

Wayan:　　Minta menunya ya. (3)_____?

Pramusaji: Saya sarankan (4)_____.

Wayan:　　Baik, saya coba. Kalau minum, saya (5)_____.

Pramusaji: Baik. (6)_____?

Wayan:　　Itu saja, terima kasih.

Terjemahkan jawaban di atas.　請翻譯上述聽力練習。

在餐廳點餐

服務員：歡迎光臨，先生。

Wayan：(1)_____嗎？

服務員：有很多。(2)_____。

Wayan：請給我菜單。(3)_____？

服務員：我建議(4)_____。

Wayan：好的，我試試。至於喝的，我(5)_____。

服務員：好的。(6)＿＿＿＿＿＿＿＿嗎？

Wayan：就這樣，謝謝。

B. 翻譯練習：

Terjemahkan kalimat di bawah ini. 請翻譯下列句子。

(1) 你要點什麼？

　　　我要點著名的烤乳豬飯。

(2) 我要訂兩個人的位子。

(3) 今天的特色料理是什麼？

(4) 那個穿紅色衣服的男子正在吃薑黃飯。

(5) 那個走路去上學的小孩，沒帶傘。

(6) Wanita yang berasal dari Indonesia itu suka sekali makanan yang pedas.

(7) Siswa yang berangkat ke sekolah sebelum jam tujuh pagi biasanya tidak akan terlambat.

(8) Karyawan yang bekerja di bank itu naik kereta api ke kantor setiap pagi.

C. 口語練習：

Wawancarailah teman Anda dengan pertanyaan di bawah ini.
用下列的問句訪問您的朋友。

(1) Mau pesan apa?

(2) Apa hidangan spesial hari ini?

(3) Apa yang Anda sarankan?

D. 寫作練習：

Buatlah sebuah karangan bertema "Makanan Khas Taiwan yang Harus Dicoba".
寫一篇短文，主題是「必須嘗試的台灣特色美食」。

 好歌大家聽

1. 歌曲：Abang Tukang Bakso
2. 歌手：Via Vallen
   歌曲：Istimewa
3. 歌手：Ella
   歌曲：Istimewah

 你說什麼呀！？ MP3-45

Kerjanya tidur doang.	他就是睡而已。
Saya doang yang mau makan.	只有我要吃而已。

你我熟悉的印尼美食

在印尼的華人移民有著相當悠久的歷史，根據歷史的記載，最早從唐朝開始，就有當時的華商航海到東南亞地區，包括印尼、馬來西亞、新加坡等，隨後開始在各大港口城市定居。東南亞大部分的華人移民為福建籍、廣東籍和客家籍，其中以福建籍為大宗。此外，印尼也有客家人、潮州人和廣東人等，散居在各地。

因為華人在當地的時間久了，不知不覺也為當地的飲食文化帶來不少的影響。走在印尼街頭，不難發現一些感覺像是中華料理的食物。這些中華料理很多現在也已經不限是華人食物，而成為印尼的庶民小吃。

以下是一些印尼美食，乍看之下，可能不知道是什麼，不過只要一唸出來，就馬上可以聯想到是什麼食物了。例如：「bakpao」（肉包）、「bakso」（肉丸）、「bakpia」（肉餅）、「bakwan」（炸菜餅）、「bakcang」（肉粽）、「bakmi」（肉麵）、「mi pangsit」（餛飩麵）、「siomay」（燒賣）、「cap cai」或「ca cai」（炒青菜）、「fuyunghai」（芙蓉蛋）、「kwetiau goreng」（炒粿條）、「cakwe」（油條）、「tahu goreng」（炸豆腐）和「lumpia」（炸春捲）。這些美食的名稱大多音譯自閩南語，也融入印尼的當地社會，成為人人皆知、富有印尼風味的食物。

還有另一些食物，據說是華人的食物，只不過有些看不出來。例如在蘇門答臘巨港（Palembang）的地方特色食物「pempek」（印尼關東煮），是各種魚漿做成的肉餅，在川燙後淋上醬汁享用。據說是早期華人男子沿街叫賣，大家稱他為「pek」（伯），久而久之，成為了「pempek」。

當然，這些原本是華人的食物融入了地方特色，在料理或吃法上也有些變化。例如，油條不是搭配豆漿，而是搭配茶、花生醬或辣椒醬。另外，由於當地人愛吃油炸食物，潤餅、餛飩也幾乎是油炸的。有機會到印尼，把這些由華人影響的食物，全部試一遍吧！

你知道嗎？

在印尼點飲料，除了台灣引進的珍珠奶茶，其他的飲料可能沒有台灣的七分糖、五分糖、三分糖的選擇喔！所以，如果你想要點不加糖的咖啡，可說「kopi pahit」（苦咖啡），意思是黑咖啡不加糖。而如果買茶時，想要無糖的茶，可以說「teh tawar」（淡茶），意思是不加糖的、沒有味道的茶。如果是其他的飲料，可以說「Tidak pakai gula.」（不放糖。）只不過，通常印尼人會覺得很奇怪，因為怎麼會有人喝飲料不加糖呢？

Pelajaran 10

Lapor polisi: Dompet saya hilang.

報案：我的錢包不見了。

生活智慧

Sepandai-pandainya tupai melompat,
sekali waktu jatuh juga.
人非聖賢，孰能無過。

學習重點

1. 學習報案的説法。

2. 學習旅遊時各種狀況的説法。

3. 學習文法：學習小品詞「pun」（也就、也）的用法。

4. 學習文法：學習關於舉例「seperti」（好像、例如）的用法。

5. 學習文法：學習副詞「terutama」（尤其、尤其是）的用法。

6. 學習文法：學習動詞前綴「meN-」的變化和用法。

7. 閱讀短文：「Tata Cara Pembuatan Paspor Baru」（製作新護照的方式）。

1 Dompet saya hilang. 我的錢包不見了。

MP3-46

Saat akan membayar belanjaannya, Siti mencari-cari dompetnya. Namun dia tidak menemukannya di mana-mana. Ternyata dompetnya hilang. Akhirnya, Siti pun melapor ke polisi.

Siti: Pak, saya mau melapor.

Polisi: Ada apa?

Siti: Dompet saya hilang.

Polisi: Di mana hilangnya?

Siti: Saya tidak yakin.

Polisi: Dalamnya ada apa?

Siti: Ada banyak, seperti KTP, SIM dan lain-lain.

Polisi: Bagaimana rupa dompetnya? Terutama warna dompet dan bagaimana Ibu tahu dompet sudah hilang?

Siti:　Warnanya biru dan di dalamnya ada foto saya sendiri. Waktu ingin membeli baju, saya mau mengeluarkan dompet dari tas tetapi tidak ada.

Polisi:　Kalau begitu, kami akan coba mencari dompet Ibu di pasar.

Siti:　Tolong beri tahu saya kalau sudah ketemu. Ini satu-satunya dompet saya.

Polisi:　Ya, saya akan beri tahu Ibu.

重點生字！

belanjaan	購買的物品	menemukan	發現	ternyata	明顯地
hilang	不見	akhirnya	最後	pun	也就、也
melapor	報告	yakin	相信、確信	seperti	好像、例如
rupa	樣子	terutama	尤其是	mengeluarkan	拿出
beri tahu	告訴	ketemu	找到	satu-satunya	唯一

 小提醒

1. 「belanjaan」的字根是「belanja」（消費）；「menemukan」的字根是「temu」（見面）；「ternyata」的字根是「nyata」（事實）；「akhirnya」的字根是「akhir」（最後）；「melapor」的字根是「lapor」（報告）；「terutama」的字根是「utama」（首要）；「mengeluarkan」的字根是「keluar」（出去）；「ketemu」的字根是「temu」（見面）；「satu-satunya」的字根是「satu」（一）。

2. 「ketemu」（找到）是口語的說法，有時候也可當作「見面」的意思。書面語是「menemukan」。

✿ 中文翻譯：

正當要付錢購買她所買的東西時，Siti找了又找她的錢包。然而，她在任何地方都找不到它。顯然地，她的錢包不見了。最後，Siti便到警察局去報案。

Siti：　我要來報案。

警察：　什麼事？

Siti：　我的錢包不見了。

警察：　在哪裡不見的？

Siti：　我也不確定。

警察：　裡面有什麼？

Siti：　有很多，例如身分證、駕照和其他的。

警察：　錢包的樣子是怎麼樣的？尤其是錢包的顏色，以及您怎麼知道錢包不見了？

Siti：　它的顏色是藍色的，裡面有我自己的照片。正當我想要買衣服，要從包包裡拿出錢包，但是發現不在了。

警察：　如果是那樣，我們會嘗試在市場找您的錢包。

Siti：　如果已經找到了，麻煩告訴我。這是我唯一的錢包。

警察：　是的，我會告訴您。

 # 文法真簡單（一）：

1 小品詞「pun」（也就、也）的用法：

小品詞「pun」是一個常見的功能詞，在表達「也」或「也就」的概念時，可以用「pun」，有時候也會用「juga」（也）。「pun」可以搭配「walau」（雖然），變成「walaupun」（雖然）；也可以搭配「meski」，變成「meskipun」（雖然）；還可以搭配「bagaimana」（怎麼樣），變成「bagaimanapun」（無論怎麼樣）。

例如

- Kalau kamu pergi, saya pun mau pergi bersama.　　如果你走，我也要一起走。
- Bagaimanapun juga, saya tahu bahwa saya tidak dapat datang.
  無論怎麼樣，我知道我沒辦法來。

2 關於舉例「seperti」（好像、例如）的用法：

在印尼語中要舉例的時候，可以用「seperti」，另外還有「contohnya」（例如）和「misalnya」（例如）。

例如

- Saya suka makanan khas Taiwan seperti tahu busuk dan ayam goreng.
  我喜歡台灣美食，例如臭豆腐和鹹酥雞。
- Ada banyak restoran terkenal di Bali, misalnya Warung Bebek Tepi Sawah dan Warung Babi Guling Ibu Oka.
  在峇里島有很多有名的餐廳，例如Tepi Sawah鴨子餐廳和Ibu Oka烤乳豬餐廳。
- Saya suka bermacam-macam makanan khas Taiwan, contohnya tahu goreng, teh susu dan lain-lain.
  我喜歡各式各樣的台灣美食，例如炸豆腐、奶茶和其他的。

3 副詞「terutama」（尤其、尤其是）的用法：

副詞「terutama」用在要表示「尤其」的時候。「terutama」的字根是「utama」（首要、主要），所以有時候也會看到「paling utama」（最主要）。

例如

- Sulit untuk mengurus rumah, terutama bagi wanita karier.
  要打理家務很難，尤其是職業婦女。
- Saya bangga menggunakan bahasa Indonesia, terutama bahasa Indonesia yang benar.
  我很自豪地使用印尼語，尤其是正確的印尼語。

4 關於印尼語「唯一」的用法：

「satu」是「一」；「satu-satu」是「一個接一個」；「satu-satunya」是「唯一」。

例如

- Kamulah satu-satunya.　　　　　　　　　你是唯一的。
- Kamu satu-satunya wanita spesial sepanjang hidup saya.
  妳是我一生中唯一特別的女人。

 補充生字

bermacam-macam	各式各樣	makanan khas	美食	mengurus	處理、打理
menggunakan	使用	karier	事業	sepanjang hidup	一生

 小提醒

「terutama」作為「尤其是」、「特別是」的意思時，還有「khususnya」（特別是）和「apa lagi」（更別說）等相關用法。

練習一下（一）：請翻譯下列句子。

1. 他先回去了，我也就先走了。

2. 如果找到我的錢包了，請告訴我。

3. 我喜歡印尼美食，例如印尼沙拉和雞肉粥。

4. 早餐很重要，尤其是對學生和工人來說。（sarapan　早餐）

5. "Saya satu-satunya desainer muda Indonesia yang mendesain motif batik untuk negara Taiwan," kata Ivan Gunawan.

6. Waktu SMA, saya berpikir kalau saya bisa bekerja sebagai pengusaha, saya akan cepat menjadi kaya.

7. Santan sangat sering digunakan dalam masakan Indonesia, terutama pada masakan Padang.（digunakan　被使用）

8. Bukan hanya di Jawa Timur, jurusan baru ini satu-satunya di Indonesia.

2 Tata Cara Pembuatan Paspor Baru 製作新護照的方式

 MP3-47

Saya mau berbagi sedikit tentang pengalaman saya <u>mengurus</u> sendiri paspor yang baru. Paspor saya hilang sewaktu saya berwisata di luar negeri. Setelah <u>melapor</u> ke polisi, saya <u>meminta</u> surat keterangan polisi dengan biaya Rp. 20.000.

Pada hari Senin, saya pergi ke kantor imigrasi dan di sana saya bertemu dengan banyak sekali calo-calo yang bisa <u>membantu</u> <u>mengurus</u> paspor. Saya iseng-iseng <u>menanyakan</u> harganya dan mereka bilang sekitar 4 juta. Saya pikir bahwa biayanya terlalu mahal. Jadi saya <u>memutuskan</u> untuk <u>mengurus</u> sendiri.

Saya mulai bertanya kepada petugas imigrasi bagaimana cara mengurus paspor yang baru. Mereka meminta saya untuk <u>melakukan</u> proses Berita Acara Pemeriksaan (BAP). Setelah itu, saya kembali pada hari Jumat untuk <u>mengambil</u> paspor baru dengan biaya Rp. 455.000.

重點生字！

tata cara	程序	pembuatan	製作	berbagi	分享
pengalaman	經驗	mengurus	處理、辦理	paspor	護照
meminta	要求	surat	信、書函	keterangan	說明
imigrasi	移民	calo	代理、代辦	iseng	隨意
menanyakan	詢問	bilang	說	bahwa	說到
memutuskan	決定	petugas	職員	melakukan	進行
proses	過程				

短文翻譯：

　　我要分享一些我自己辦理新護照的經驗。我在國外旅行時護照不見了。在報案之後，我以兩萬印尼盾拿到了警察說明文件。

　　在星期一，我到移民局，而在那裡，我遇到很多可以幫忙辦理護照的代辦們。我隨意問了價錢，而他們說大約四百萬（印尼盾）。我想這費用太貴了。於是我決定自己辦理。

　　我開始向移民局官員詢問如何辦理新的護照。他們要求我進行面談程序。在那之後，我在星期五回到移民局，以四十五萬五千印尼盾的費用拿到新的護照。

小提醒

1. 「Berita Acara Pemeriksaan」（BAP）是在印尼辦理護照時的一個過程，現場有面試官以面試的方式釐清一些問題，以便作為核准的依據。

2. 「pembuatan」的字根是「buat」（製作）；「berbagi」的字根是「bagi」（分配）；「pengalaman」的字根是「alam」（自然）；「mengurus」的字根是「urus」（處理）；「meminta」的字根是「minta」（要求）；「keterangan」的字根是「terang」（明亮）；「menanyakan」的字根是「tanya」（問）；「memutuskan」的字根是「putus」（斷）；「petugas」的字根是「tugas」（任務）；「melakukan」的字根是「laku」（做、進行）。

文法真簡單（二）：動詞前綴「meN-」

　　印尼語中動詞前綴的部分，我們已經在第八課學習過不及物動詞前綴「ber-」。在這一課，我們將學習另一個最常見的動詞前綴「meN-」。動詞前綴「meN-」總共有六個形式，即「me-」、「mem-」、「men-」、「meng-」、「meny-」和「menge-」。每一個都有固定搭配的字首。

1 動詞前綴「meN-」六個形式所搭配的字首：

	類型	搭配的字首
1.	me-	l, m, n, r, w, y, ng, ny
2.	mem-	p*, b, f, v
3.	men-	t*, d, c, j
4.	meng-	k*, g, h, kh, a, e, i, o, u
5.	meny-	s*
6.	menge-	所有單音節的字

小提醒

標了*號的字首，在加上各自的前綴「meN-」時，其字首會被省略掉，除了「punya」（擁有）和「perkara」（事情）是例外。

動詞前綴「meN-」總表

第一種形式：me-

類型	字首	字根 → 加上「meN-」				
me-	l	lapor	報告	→	melapor	報告
	m	minta	要求	→	meminta	要求
	n	naik	上升	→	menaik	上升
	r	rasa	感受	→	merasa	覺得
	w	warna	顏色	→	mewarnai	上色
	y	yakin	確信	→	meyakini	確信
	ng	ngeri	可怕	→	mengerikan	使感到可怕
	ny	nyanyi	唱歌	→	menyanyi	唱歌

第二種形式：mem-

類型	字首	字根 → 加上「meN-」				
mem-	p*	pakai	穿	→	memakai	穿
	b	baca	讀	→	membaca	讀
	f	foto	照片	→	memfoto	拍照
	v	vonis	定罪	→	memvonis	定罪

注意：「punya」（擁有）和「perkara」（事情）是例外，不需要去掉字首。

第三種形式：men-

類型	字首	字根 → 加上「meN-」				
men-	t*	tulis	寫	→	menulis	寫
	d	datang	來	→	mendatangi	來訪
	c	cari	找	→	mencari	找
	j	jual	賣	→	menjual	賣

第四種形式：meng-

類型	字首	字根 → 加上「meN-」				
meng-	k*	kurang	減少	→	mengurang	減少
	g	goreng	炸	→	menggoreng	炸
	h	hitung	統計	→	menghitung	統計
	kh	khusus	特別	→	mengkhususkan	使特殊
	a	ambil	拿	→	mengambil	拿
	e	erti	意思	→	mengerti	了解
	i	isi	內容	→	mengisi	填
	o	obrol	聊	→	mengobrol	聊
	u	urus	處理	→	mengurus	處理

第五種形式：meny-

類型	字首	字根 → 加上「meN-」				
meny-	s*	sewa	租	→	menyewa	承租

第六種形式：menge-

類型	字首		字根 → 加上「meN-」			
menge-	單音節的字	tes	測驗	→	mengetes	檢驗

2 動詞前綴「meN-」的句型：

動詞前綴「meN-」所構成的動詞，有及物動詞和不及物動詞兩種。

(1) 及物動詞：

- Saya membeli baju di toko itu.
  我在那間店買衣服。（「baju」是受詞）

(2) 不及物動詞：

- Saya suka menyanyi di kamar mandi.
  我喜歡在浴室唱歌。（「di kamar mandi」是補充句）

3 「meN-」的功能與作用：

動詞前綴「meN-」的功能，在於形成主動性動詞，包括及物動詞，以及一些不及物動詞（比較少）。很多字在加上前綴「meN-」後，會形成不同於字根的含意，也會有延伸的含意。經過歸納，大致上有以下的功能及意義：

(1)「進行、做」一個動作（一般字根是「動詞」）：

例如

- Saya membaca koran.　　　　　　我看報紙。
- Saya menulis dengan pena biru.　　我用藍筆寫字。

(2) 以字根作為工具或材料來進行動作（一般字根是「名詞」）：

例如

- Ayah <u>merokok</u>. 　　　　　　　　爸爸在抽菸。（rokok　菸）
- Ayah sedang <u>mengecat</u> rumah.　　爸爸正在油漆房子。（cat　油漆）

(3) 製作出字根所形成的成果或工藝（一般字根是「名詞」）：

例如

- Saya <u>menggambar</u> dengan spidol.　我用彩色筆畫圖。（gambar　圖）
- Saya suka <u>memotret</u>.　　　　　　我喜歡拍照。（potret　照片）

(4) 使主詞變成「變成」、「成為」這些字根的意思（一般字根是「形容詞」）：

例如

- Rambut ayah mulai <u>memutih</u>.　　　爸爸的頭髮開始變白。（putih　白）
- Angin topan sudah <u>mendekat</u>.　　　颱風已經接近了。（dekat　近）

 小提醒

1. 動詞前綴「meN-」還會構成其他的動詞，例如：
   A. 擬聲詞，例如：「mengeluh」（嘆氣、抱怨）；「mengeong」（喵喵叫）。
   B. 形成字根的樣子，例如：「menggunung」（堆積如山）。
2. 有一些「meN-」會構成延伸性的意思，例如：「tarik」（拉）→「menarik」（吸引人的、有趣）。

練習一下（二）：

第一部份：請為下列單字找出字根。

1.　membayar　→ _____

2.　melapor　→ _____

3.　membeli　→ _____

4.　mencari　→ _____

5.　membaca　→ _____

6.　meminta　→ _____

7.　membantu　→ _____

8.　menanya　→ _____

9.　mengambil　→ _____

10. mengurus　→ _____

第二部分：請翻譯下列句子。

1.　我在洗澡前閱讀報紙。（baca 閱讀）

2.　我喜歡在菜市場買水果。（beli 買）

3.　開齋節到來，很多人買新衣服。（jelang 到來）

4.　我在雅加達走走繞繞以便更認識雅加達城。（kenal 認識）

5.　這巴士往雅加達嗎？（tuju 往）

6. 雖然已經穿了外套，他不覺得熱。（pakai 穿）

7. 我要選擇網路連線比較快的SIM卡。（pilih 選擇）

8. 我要租車。（sewa 租）

9. 我要訂兩個人的桌子。（pesan 訂）

10. 我要拿新護照。（ambil 拿）

Kosakata Penting　重要詞彙：

MP3-48

Situasi sewaktu berwisata　旅遊時的各種狀況	
kartu kredit hilang	信用卡不見
kecopetan	被扒
keterlambatan kereta api	火車延誤
keterlambatan penerbangan	班機延誤
koper hilang	行李不見
mengalami bencana alam	遭遇天災
mengalami kecelakaan mobil	遭遇車禍
mengalami pelecehan	遭遇騷擾
mengalami pemerkosaan	遭遇性侵
mengalami perampokan	遭遇搶劫
paspor hilang	護照不見
penerbangan dibatalkan	班機取消
sakit	生病
sesat jalan	迷路
lupa memesan hotel	忘了訂飯店
tidak sempat naik kereta api	錯過火車
tidak sempat naik pesawat	趕不上飛機

4 Latihan 測驗一下：

A. 聽力練習： 🔊 MP3-49

Dengarkan percakapan lalu isilah tempat yang kosong.
請聆聽對話，並在空格處填上答案。

Melapor di kantor polisi

Siti: 　Saya mau (1)_____.

Polisi: 　Ada apa?

Siti: 　(2)_____.

Polisi: 　(3)_____?

Siti: 　Kayaknya (4)_____.

Polisi: 　Dompetnya (5)_____?

Siti: 　(6)_____.

Polisi: 　Nanti saya cari di pasar.

Terjemahkan jawaban di atas. 請翻譯上述聽力練習。

在警察局報案

Siti： 　我要(1)_____。

警察： 　有什麼事嗎？

Siti： 　(2)_____。

警察： 　(3)_____？

Siti： 　好像是(4)_____。

警察： 　錢包(5)_____？

Siti： (6)＿＿＿＿＿＿＿＿＿＿。

警察： 待會兒我會去市場找。

B. 翻譯練習：

Terjemahkan kalimat di bawah ini ke dalam bahasa Indonesia.

請將下列句子翻譯成印尼語。

(1) 我要報案。

(2) 我的錢包不見了。

(3) 我被扒了。

(4) （你的）錢包長怎麼樣？

(5) 我要煮薑黃飯。

(6) 我要看電影。

(7) 我要帶傘去學校。

(8) 我的媽媽在市場賣魚。

C. 口語練習：

Wawancarailah teman Anda dengan pertanyaan di bawah ini.
用下列的問句訪問您的朋友。

(1) Pak Polisi,saya mau lapor bahwa dompet saya hilang.

(2) Hilang di mana? Bagaimana rupanya?

D. 寫作練習：

Buatlah sebuah karangan bertema "Dompet Saya Hilang".
寫一篇短文，主題是「我的錢包不見了」。

 好歌大家聽
1. 歌手：Geisha
　　歌曲：Cintaku Hilang
2. 歌手：Papinka
　　歌曲：Rasa Yang Hilang
3. 歌手：Gangstarasta
　　歌曲：Hilang

 你說什麼呀！？　🔊 MP3-50

A: Lu mau ikut gua nonton gak?　　你要跟我一起看嗎？
B: Gak deh, lagi mager nih.　　不啦，懶得動咧！
＊「mager」來自「malas gerak」（懶得動）。

不可不知的印知識

印尼的餐廳文化——喜歡席地而坐著吃

　　每一個地方都有其特殊的街頭小吃文化。而在印尼，如果要找道地的小吃，或者想要體驗道地的街頭小吃的話，那就一定要到那些席地而坐的餐廳了。那些餐廳在印尼通常被稱作「warung lesehan」，意思是「席地而坐的餐廳」。

　　走在印尼街道上，特別是晚上，尤其是在市中心人潮特別聚集的地方，就會有這些「沒有餐桌和餐椅」的餐廳。通常是一些攤販停在路邊賣些吃的，但是沒地方坐怎麼辦？就只好在路邊的人行道上鋪上草蓆、地毯或地墊，有些甚至會準備矮桌子，讓客人席地而坐時可以使用。這些席地而坐的餐廳，可說是印尼街頭小吃文化的最佳代表了。

　　我詢問過印尼朋友，怎麼會這麼喜歡到沒有桌子的餐廳來吃晚餐呢？他給我的解釋是，因為方便又便宜啊！的確，在這些餐廳賣的食物，通常是一些麵食或

簡餐，大概三千到一萬印尼盾不等。因為便宜，所以也成了大家喜歡去的地方。根據我自己的觀察，以印尼人隨遇而安的個性，肚子餓了，就到路邊這些鋪著草蓆的餐廳，就著路邊的街燈，一邊果腹、一邊和朋友有一搭沒一搭地聊著，還可以看著車子川流不息、人來人往，對他們來說，應該是人生一大樂趣！

　　印尼人有一個專長和興趣，就是見到任何人都能聊上幾句，這種「ngobrol」（閒聊）文化或「nongkrong」（抬槓）文化，是印尼人的特色，有時候也可以說是一種人與人之間相處的哲學和方式。因此這些「席地而坐的餐廳」，可說是印尼人喜歡聊天而衍生出來的街頭小吃文化。有機會的話，不妨也到這些餐廳去坐坐吧！

 你知道嗎？

印尼人喜歡閒聊，因此有很多字可以代表這個閒聊的舉動，例如：「ngobrol」（閒聊）、「kongkow」（閒聊）、「nongkrong」（抬槓）等等。那麼印尼人喜歡閒聊到什麼程度呢？例如村子裡有事，可能大家說要「開個會」討論一下，結果實際上的狀況，卻像是幾個人聚集在一起閒聊（ngobrol-ngobrol）。也就是說，印尼人習慣透過「聊」的方式，把事情、意見、看法慢慢表達出來，而不急於發表自己的意見或貿然地決議某些事。或許對某些人來說，這樣的過程太緩慢、太沒效率，但是就我個人而言，卻感受到了「人」最自然的一面。

Lampiran

附錄

Lampiran 1：Kata Depan 介係詞

Lampiran 2：Kata Keterangan（Adverbia） 副詞

Lampiran 3：Konjungsi 連接詞

Lampiran 4：Kata Tanya 疑問代名詞

Lampiran 5：「前綴」、「後綴」、「環綴」文法

Lampiran 6：連接詞「yang」（的）與形容詞子句：
　　　　　　六種句型統整

Lampiran 7：印尼五大島嶼、其他各小島、各省分以
　　　　　　及其首府

Lampiran 8：練習題解答

Lampiran 1：Kata Depan 介係詞

介係詞	例句	詳細內容
1. yaitu 那就是	Di arah timur laut Monas, ada sebuah masjid terbesar di Asia Tenggara, yaitu Masjid Istiqlal. 在國家紀念碑的東北邊，有一座東南亞最大的清真寺，那就是伊斯迪卡清真寺。	第一課、 第四課
2. kepada 給、於	Saya pergi ke pasar untuk membeli baju kepada ayah. 我去市場買衣服給爸爸。 Dia bertanya kepada saya, "Kamu di mana?" 他問我：「你在哪裡？」	第三課
3. jauh dari... 離……遠	Jakarta jauh dari Taiwan, malah dekat dengan Singapura. 雅加達離台灣很遠，卻靠近新加坡。	第四課
4. dekat dengan... 靠近……	Stasiun Gambir dekat dengan Galeri Nasional Indonesia. 嘎比站靠近國家藝廊。	第四課
5. bagi 為了、對…… 而言	Monas sangat menarik bagi warga Jakarta. 對雅加達市民來說，國家紀念碑很有趣。	第四課
6. sampai 到、直到、 傳達	Jalan lurus sampai pertigaan. 直走到三叉路口。	第六課
7. hingga 直到	Saya bekerja dari pagi hingga malam. 我從早工作到晚。	第六課
8. menjelang 接近、將至	Menjelang tahun baru, kita membeli baju baru. 新年將至，我們買了新衣服。	第三課、 第五課

9.	tentang 關於	Saya bisa bercerita tentang diri sendiri. 我可以說說（關於）自己的事。	第八課
10.	lebih dari 超過、多於	Teman di "Facebook" saya lebih dari seribu orang. 我在臉書上的朋友超過一千人。	第九課
11.	kurang dari 少於	Waktu tidur saya kurang dari enam jam sehari. 我的睡眠時間一天少於六小時。	第九課
12.	pun 也就、也	Kalau kamu pergi, saya pun mau pergi. 如果你走，我也要走。	第十課

Lampiran 2：Kata Keterangan（Adverbia） 副詞

副詞	例句	詳細內容
1. semoga 希望、願	Semoga cepat sembuh. 希望你早日康復。	第一課
2. mudah-mudahan 希望	Minum obat ini, mudah-mudahan kamu cepat sembuh. 喝這個藥，希望你早日康復。	第一課
3. pernah 曾經	Pernahkah kamu makan durian? 你吃過榴槤嗎？ Saya belum pernah ke Indonesia. 我還沒去過印尼。	第二課
4. semakin 漸漸、越…… 越……	Mengapa harga rumah semakin naik? 為什麼房價來越高漲？ Prasarana Jakarta semakin hari semakin maju. 雅加達的基礎建設越來越進步。	第二課
5. paling 最	Saya paling suka merah. 我最喜歡紅色。	第三課
6. lebih 比較	Saya lebih suka makan soto ayam. 我比較喜歡吃雞湯。	第三課
7. tidak begitu 沒那麼	Saya tidak begitu suka mi bakso. 我沒那麼喜歡肉丸麵。	第三課
8. kurang 不太	Saya kurang suka masak. 我不太喜歡煮。 Badan saya kurang enak. 我身體不太舒服。	第三課、 第五課
9. paling tidak 最不	Saya paling tidak suka putih. 我最不喜歡白色。	第三課

10. agak 滿、相當	Rumahnya agak jauh. 他的家滿遠的。	第五課
11. cukup 足夠	Pemandangan di sini cukup indah. 這裡的風景很（夠）美。	第五課
12. sangat 很	Kehidupan saya di sana sangat sulit. 我在那邊的生活非常困難。	第五課
13. terlalu 太過	Teh ini terlalu manis. 這茶太甜了。	第五課
14. saja (1) 任何 (2) 強調語氣	apa saja 任何東西、什麼都好 siapa saja 任何人、誰都好 mana saja 任何地方、哪裡都好 kapan saja 任何時候、何時都好 berapa saja 任何數量、多少都好 tentu saja 當然（好） baru saja 才剛	第三課、 第五課、 第六課
15. harus 應該、需要、必須	Saya harus ganti bus. 我需要換車。	第五課
16. usah 應該、需要 tidak usah 不需要	Tidak usah repot-repot. 不用麻煩了。	第五課
17. mesti 一定、必須	Kamu mesti berangkat sekarang. 你必須現在就出發。	第六課

18. wajib 必須、應該、義務	Makanan khas Taiwan yang wajib kamu coba adalah tahu busuk goreng. 你必須嘗試的台灣特色美食是炸臭豆腐。	第六課
19. baru 才剛	Saya baru sampai. 我才剛到。	第六課
20. biasanya 通常	Saya biasanya bangun jam delapan. 我通常八點起床。	第七課
21. selalu 總是	Saya selalu berjalan kaki ke sekolah. 我總是走路去上學。	第七課
22. sering 時常	Saya sering naik sepeda ke kantor. 我時常騎腳踏車去上班。	第七課
23. kadang-kadang 有時候	Saya kadang-kadang memakai kacamata. 我有時候會戴眼鏡。	第七課
24. jarang 很少	Saya jarang minum arak. 我很少喝酒。	第七課
25. tidak pernah 不曾	Saya tidak pernah makan durian. 我不曾吃過榴槤。	第七課
26. sempat 有時間、有機會	Saya belum sempat pergi ke warung makan itu meskipun sudah satu bulan di sini. 我還未曾去過那間餐廳，雖然已經在這裡一個月。	第八課
27. seharusnya 應該	Kamu seharusnya sedang makan, bukan merokok. 你應該在吃飯，而不是抽菸。	第八課
28. setidaknya 至少	Setidaknya saya pernah berjuang. 至少我奮鬥過。	第八課
29. sebenarnya 其實	Sebenarnya dia bukan pacarku. 其實他不是我的情人。	第八課

30. sebaiknya 最好	Sebaiknya cepat-cepat saja berangkat supaya tidak terlambat. 最好趕快出發，以便不會遲到。	第八課
31. memang 其實、的確、真的	Itu memang kerja saya. 那真的是我的工作。	第九課
32. terutama 尤其、尤其是	Sulit untuk mengurus rumah, terutama bagi wanita karier. 要打理家務很難，尤其是職業婦女。	第十課

Lampiran 3：Konjungsi 連接詞

連接詞	例句	詳細內容
1. setelah 之後	Setelah mandi, saya membaca koran. 我在洗澡後看報紙。	第一課
2. setelah itu 在那之後	Saya bangun jam tujuh pagi. Setelah itu, saya menyikat gigi. 我在早上七點起床。在那之後，我刷牙。	第一課
3. sebelum 之前	Sebelum mandi, saya membaca koran. 我在洗澡前看報紙。	第一課
4. sebelum itu 在那之前	Saya berangkat ke sekolah. Sebelum itu, saya makan pagi dulu. 我出發去學校。在那之前，我先吃了早餐。	第一課
5. karena 因為	Dia tidak pergi ke sekolah karena sakit. 他沒去學校，因為生病了。	第二課
6. gara-gara 因為	Dia tidak pergi ke sekolah gara-gara sakit. 他沒去學校，因為生病了。	第二課
7. oleh karena itu 因此、因而	Kita harus menjaga nama baik orang tua. Oleh karena itu, marilah kita berbuat baik. 我們應該要維護家長的好名聲。因此，讓我們來做好事吧！	第二課
8. maka 於是、因此	Saya pikir dia tidak mau pergi, maka saya tidak mengajak dia. 我想他不要去，因此我沒約他。	第三課
9. selain 除了……之外、此外	Selain saya, semua sudah pulang. 除了我回家以外，大家（也）都已經回家了。（我也回家了。）	第四課
10. kecuali 除了（不包含在內）	Saya makan apa saja, kecuali durian. 我什麼都吃，除了榴槤。	第四課

11. termasuk 包含	Semua sudah pulang, <u>termasuk</u> saya. 大家都回家了，包括我。	第四課
12. bukan saja...malah 不只……還、 甚至、而是	<u>Bukan saja</u> saya, <u>malah</u> Budi juga tidak suka makan tahu busuk. 不只是我，Budi也不喜歡吃臭豆腐。	第四課
13. malah 還、反而	Meskipun sudah memakai jaket, dia tidak merasa panas, <u>malah</u> merasa dingin. 雖然已經穿了外套，他不覺得熱，反而覺得冷。	第四課
14. lebih...daripada 比……更	Jakarta <u>lebih</u> maju <u>daripada</u> kota lain. 雅加達比其他城市更進步。	第四課
15. sejak 自從	<u>Sejak</u> kecil, saya suka membaca dan menulis. 從小，我就喜歡閱讀和寫作。	第五課
16. kemudian 然後	Terus jalan <u>kemudian</u> belok kiri. 繼續走，然後左轉。	第六課
17. lalu 然後	Saya bangun pagi <u>lalu</u> gosok gigi. 我起床，然後刷牙。	第六課
18. lantas 然後	Sesudah mandi, <u>lantas</u> saya minum kopi. 洗澡之後，然後我喝咖啡。	第六課
19. dulu 以前	<u>Dulu</u> saya merokok, sekarang tidak. 我以前抽菸，現在沒了。	第六課
20. namun 然而	Dia sudah minum obat. <u>Namun</u>, dia belum sembuh. 他已經吃藥了。然而，他還沒康復。	第七課
21. sementara 而、在這同時	Wayan bermain bola <u>sementara</u> Putri mencuci baju. Wayan在玩球，而Putri在洗衣服。	第八課
22. sementara itu 於此同時	Wayan bermain bola. <u>Sementara itu</u>, Putri mencuci baju. Wayan在玩球。於此同時，Putri在洗衣服。	第八課

23. bahkan 甚至	<u>Bahkan</u> saya sendiri lupa pernah menuliskan ini. 甚至（連）我自己（都）忘記曾經寫過這個。	第九課
24. sambil 一邊	Saya membaca buku <u>sambil</u> minum kopi. 我一邊看書一邊喝咖啡。	第九課
25. seperti 好像、例如	Saya suka makanan khas Taiwan <u>seperti</u> tahu busuk dan ayam goreng. 我喜歡台灣美食，例如臭豆腐和鹹酥雞。	第十課
26. misalnya 例如	Ada banyak restoran terkenal di Bali, <u>misalnya</u> Warung Bebek Tepi Sawah dan Warung Babi Guling Ibu Oka. 在峇里島有很多有名的餐廳，例如Tepi Sawah鴨子餐廳和Ibu Oka烤乳豬餐廳。	第十課
27. contohnya 例如	Saya suka bermacam-macam makanan khas Taiwan, <u>contohnya</u> tahu goreng dan teh susu. 我喜歡各式各樣的台灣美食，例如炸豆腐和奶茶。	第十課

Lampiran 4：Kata Tanya 疑問代名詞

疑問代名詞	例句	詳細內容
1. yang mana 哪一個	Yang mana yang kamu suka? 你喜歡哪一個？ Makanan yang mana kamu suka? 你喜歡的食物是哪一個？	第二課、第三課
2. bagaimana cara 如何、怎麼	Bagaimana cara menuju ke Mal? 去購物中心的路怎麼走？ Bagaimana cara kirim pesan? 如何寄送簡訊？	第六課、第七課

Lampiran 5：「前綴」、「後綴」、「環綴」文法

一、前綴「se-」

詳細內容：第一課
主要功能：形成「一」、「同樣」、「全部」、「表達程度」等意思。
形式：se-（se＋字根）

（一）前綴「se-」的主要功能：

1. 「一」的意思：

例如

- Saya membeli sebuah buku.　　　　　　　　我買了一本書。

2. 「全部」、「整個」、「一整個」的意思：

例如

- Kami sekeluarga suka bersantap.　　　　　　我們全家喜歡品嘗美食。

3. 「相同」、「與……一樣」的意思：

例如

- Pohon itu setinggi rumahnya.　　　　　　　那棵樹跟他的家一樣高。

4. 表達程度「至……」、「……達」，像是「至多」、「長達」等：

例如

- Saya mau pergi ke Indonesia selama dua minggu.　　我要去印尼長達兩週。
- Ada sebanyak seratus pelajar di dalam kelas itu.

  有多達一百位學生在那間教室裡。
- Ada salju di puncak gunung sepanjang tahun.　　山頂上長年積雪。
- Saya memberi diskon sebesar 5 persen.　　　　我給多達百分之五的折扣。

（二）前綴「se-」的其他功能：

1. 表達在某個時間點上，例如：「sepulang rumah」（一回到家）。

2. 「根據」、「符合」之意，例如：「setahu saya」（據我所知）。

二、後綴「-nya」

詳細內容：第二課
主要功能：形成第三人稱所有格、強調性和禮貌性用法等等。
形式：-nya（字根＋nya）

（一）後綴「-nya」的主要功能：

1. 作為第三人稱的所有格：

例如

- Ini bukunya.　　　　　　　　這是他的書。

2. 作為強調功能：

例如

- Susahnya mencari uang.　　　賺錢真困難。
- Tahu busuk rasanya enak.　　臭豆腐，它的味道很好。

3.形成禮貌性的說法：

例如

- Namanya siapa, Pak?　　　　先生，（您的）名字是什麼？

（二）後綴「-nya」的其他功能：

1. 作為定冠詞，如同英語的「*the*」，例如：「Saya mau mandi, airnya tidak ada.」（我想要洗澡，（卻）沒有水。）

2. 倒裝句型的用法，例如：「Ibu Dewi anaknya tiga.」（Dewi女士有三個小孩。）

3. 形成副詞，例如：「biasanya」（通常）、「agaknya」（大概）、「rupanya」（看起來）、「umumnya」（一般）等等。

三、名詞後綴「-an」

詳細內容：第三課
主要功能：形成名詞
形式：-an（字根＋an）

（一）名詞後綴「-an」的主要功能：

1. 表示「動作的成果或結果」：

例如

• Tulisan anak saya bagus sekali.　　　　我小孩的字（寫得）很好。

2. 表示「與動作相關的物質」、「與形容詞相關的物品」：

例如

• Makanan itu enak sekali.　　　　那食物很好吃。

3. 重複性的字根加上「-an」，可變成「物品的總稱」：

例如

• Saya suka makan sayur-sayuran.　　　　我喜歡吃蔬菜。

（二）名詞後綴「-an」的其他功能：

例如

A. 表示「週期性的」，例如：「harian」（每日的）、「mingguan」（一週的）、「bulanan」（每個月的）、「tahunan」（年度的）。

B. 表示「包含（字根的）複數性質」，例如：「rambutan」（紅毛丹）、「durian」（榴槤）。

C. 表示「總和或總數（數字相關）」，例如：「puluhan」（數十個）、「ratusan」（數以百計）、「ribuan」（數以千計）。

D. 可以形成「副詞」，例如：「besar-besaran」（大肆地）、「mati-matian」（拚命地）、「habis-habisan」（詳盡地）。

E. 表示「玩具或仿真實的物品」，例如：「mobil-mobilan」（玩具車）、「orang-orangan」（稻草人）、「kuda-kudaan」（木馬）。

四、前綴「ter-」

詳細內容：第四課
主要功能：形成「最」、「被動式狀態」等。
形式：ter-（ter＋字根）

（一）前綴「ter-」的主要功能：

1. 形成最高級「最」的意思：

例如

• Budi adalah pelajar yang terpandai di kelas.　　Budi是班上最聰明的學生。

2. 表示某種被動式的狀態：

例如

• Di sana terdapat sebuah masjid.　　　　　　在那裡有一座清真寺。

（二）前綴「ter-」的其他功能：

1. 表示「不經意的動作」，例如：「terlambat」（遲到）。

2. 被動式，表示「不經意的被動式」，例如：「tertipu」（被騙）。

3. 表達「能夠、可以被」：例如：「terdengar」（能夠被聽到）。

五、環綴「se-nya」

詳細內容：第八課
主要功能：形成副詞
形式：se-nya（se＋字根＋nya）

例如

字根	中文意思	加上se-nya	中文意思
harus	應該	seharusnya	應該
tidak	不	setidaknya	至少
benar	真、對	sebenarnya	其實
baik	好	sebaiknya	最好

- Kamu seharusnya sedang makan, bukan merokok.　你應該在吃飯，而不是抽菸。
- Setidaknya saya pernah berjuang.　　　　　　　至少我奮鬥過。
- Sebenarnya dia bukan pacarku.　　　　　　　　其實他不是我的情人。
- Sebaiknya cepat-cepat saja berangkat supaya tidak terlambat.
  最好趕快出發，以便不會遲到。

六、動詞前綴「ber-」

詳細內容：第八課

主要功能：形成不及物的主動動詞

形式：共有三個形式，「ber-」、「be-」和「bel」。（「ber＋字根」、「be＋字根」、「bel＋字根」）

（一）各個「ber-」前綴所搭配的字首組合：

	類型	搭配的字首
1.	ber-	大部分的字根，除了少數特殊的字根
2.	be-	搭配字根開頭為「r」，例如：「renang」（游泳）。某些包含「r」的字，例如：「kerja」（工作）
3.	bel-	只搭配「ajar」（教）

（二）動詞前綴「ber-」的功能及詳細說明：

1. 進行動作，通常是不及物的動作：

例如
- Saya suka berwisata. 　　　　　　　　　我喜歡旅遊。
- Saya bekerja di Taipei. 　　　　　　　　我在台北工作。
- Saya belajar bahasa Indonesia di sekolah. 　我在學校學習印尼語。

2. 形成「擁有」的意思：

例如
- Saya bernama Wati. 　　　　　　　　　　我（有）名字Wati。

3. 形成「駕駛、騎乘」的意思：

例如
- Saya bermobil ke kantor. 　　　　　　　　我開車去辦公室。

4. 形成「穿、戴」的意思：

例如
- Saya berbaju hitam. 　　　　　　　　　　我穿黑色衣服。

七、動詞前綴「meN-」

詳細內容：第十課
主要功能：形成主動動詞
形式：共有六個形式，即「me-」、「mem-」、「men-」、「meng-」、「meny-」和「menge-」。（「me＋字根」、「mem＋字根」、「men＋字根」、「meng＋字根」、「meny＋字根」、「menge＋字根」）

（一）各個「meN-」前綴所搭配的字首組合：

	類型	搭配的字首
1.	me-	l, m, n, r, w, y, ng, ny
2.	mem-	p*, b, f, v

3.	men-	t*, d, c, j
4.	meng-	k*, g, h, kh, a, e, i, o, u
5.	meny-	s*
6.	menge-	所有單音節的字

小提醒

標了*號的單字，在加上各自的前綴「meN-」時，其字首會被省略，除了「punya」（擁有）和「perkara」（事情）是例外。

（二）動詞前綴「meN-」和其字首：

動詞前綴「meN-」總表

類型		字首	字根 → 加上meN-				
1.	me-	l	lapor	報告	→	melapor	報告
		m	minta	要求	→	meminta	要求
		n	naik	上升	→	menaik	上升
		r	rasa	感受	→	merasa	覺得
		w	warna	顏色	→	mewarnai	上色
		y	yakin	確信	→	meyakini	確信
		ng	ngeri	可怕	→	mengerikan	使感到可怕
		ny	nyanyi	唱歌	→	menyanyi	唱歌
2.	mem-	p*	pakai	穿	→	memakai	穿
		b	baca	讀	→	membaca	讀
		f	foto	照片	→	memfoto	拍照
		v	vonis	定罪	→	memvonis	定罪
3.	men-	t*	tulis	寫	→	menulis	寫
		d	datang	來	→	mendatangi	來訪
		c	cari	找	→	mencari	找
		j	jual	賣	→	menjual	賣

					→		
		k*	kurang	減少	→	mengurang	減少
		g	goreng	炸	→	menggoreng	炸
		h	hitung	統計	→	menghitung	統計
		kh	khusus	特別	→	mengkhususkan	使特殊
4.	meng-	a	ambil	拿	→	mengambil	拿
		e	erti	意思	→	mengerti	了解
		i	isi	內容	→	mengisi	填
		o	obrol	說	→	mengobrol	說
		u	urus	處理	→	mengurus	處理
5.	meny-	s*	sewa	租	→	menyewa	承租
6.	menge-	單音節的字	tes	測驗	→	mengetes	檢驗

註：上述的字根當中，有幾個字根加上後綴「-kan」或「-i」，是因為這些字根當中，只有環綴「me-kan」或「me-i」。

（三）動詞前綴「meN-」的功能及詳細說明：

1. 「進行、做」一個動作（一般字根是「動詞」）：

例如

- Saya membaca koran.　　　　　　　我看報紙。

2. 以字根作為工具或材料來進行動作（一般字根是「名詞」）：

例如

- Ayah merokok.　　　　　　　　　爸爸在抽菸。（rokok 菸）

3. 製作出字根所形成的成果或工藝（一般字根是「名詞」）：

例如

- Saya menggambar dengan spidol.　　我用彩色筆畫圖。（gambar 圖）

4. 使主詞變成「變成」、「成為」這些字根的意思（一般字根是「形容詞」）：

例如

- Rambut ayah mulai memutih.　　　爸爸的頭髮開始變白。（putih 白）

Lampiran 6：連接詞「yang」（的）與形容詞子句：六種句型統整

1. 連接詞「yang」（的）與一個或一個以上的形容詞：（第五課）

- Pria itu tinggi. 　　　　　　　　　　　那男子（很）高。

  Pria itu ganteng. 　　　　　　　　　　那男子（很）帥。

  Pria itu sedang minum teh. 　　　　　那男子正在喝茶。

  → Pria yang tinggi itu sedang minum teh. 　那個（很）高的男子正在喝茶。

  → Pria yang tinggi dan ganteng itu sedang minum teh.

  那個（很）高又帥的男子正在喝茶。

2. 連接詞「yang」（的）與形容詞子句：（第五課）

- Stasiun A paling dekat dengan Pulau Bali. 　A站最靠近峇里島。

  → Stasiun yang paling dekat dengan Pulau Bali adalah Stasiun A.

  最靠近峇里島的火車站是A站。

3. 當主詞是所有格的形容詞子句：（第六課）

- Rumah saya besar dan mewah. 　　　　我的房子很大又豪華。

  Rumah saya terletak di Jalan Durian. 　我的房子位於榴槤路。

  → **Rumah saya** yang besar dan mewah itu terletak di Jalan Durian.

  我那間大而豪華的家位於榴槤路上。

  （「rumah saya」（我的房子）在這裡當主詞，是所有格）

4. 連接詞「yang」（的）原型動詞形容詞子句：（第六課）

- Orang itu tinggal di Taipei. 　　　　　那個人住在台北。

  Orang itu bisa membantu Anda. 　　　那個人可以幫助您。

  → Orang yang tinggal di Taipei itu bisa membantu Anda.

  那個住在台北的人，可以幫助到您。

5. 連接詞「yang」（的）與由名詞形容詞組成的形容詞子句：（第七課）

- Saya mau beli <u>kartu</u>.　　　　　　　　　我要買（電信）卡。

  <u>Sinyal</u> kartu itu kuat.　　　　　　　　那張卡訊號很強。

  → Saya mau beli <u>kartu yang sinyalnya kuat</u>.　我要買訊號很強的卡。

6. 連接詞「yang」（的）與「ber-」動詞形容詞子句：（第九課）

(1) Anak itu bermain di pantai.　　　　　那個小孩在海邊玩。

　　Anak itu anak teman saya.　　　　　那個小孩是我朋友的小孩。

　　→ Anak <u>yang bermain di pantai</u> itu anak teman saya.

　　　那個在海邊玩的小孩是我朋友的小孩。

(2) Wanita itu bekerja di bank.　　　　　那個女子在銀行工作。

　　Wanita itu sedang makan nasi kuning.　那個女子正在吃薑黃飯。

　　→ Wanita <u>yang bekerja di bank</u> itu sedang makan nasi kuning.

　　　那個在銀行工作的女子正在吃薑黃飯。

Lampiran 7：印尼五大島嶼、其他各小島、各省分以及其首府

印尼五大島嶼

	印尼五大島嶼	中文翻譯
1.	Kalimantan	加里曼丹
2.	Sumatera	蘇門答臘
3.	Papua	巴布亞
4.	Sulawesi	蘇拉威西
5.	Jawa	爪哇

印尼其他主要小島

	印尼其他主要小島	中文翻譯
6.	Timor	帝汶
7.	Halmahera	哈馬黑拉島
8.	Seram	希蘭島
9.	Sumbawa	松巴哇島
10.	Flores	弗洛勒斯島
11.	Maluku	摩鹿加省
12.	Bali	峇里島
13.	Lombok	龍目島
14.	Belitung	勿里洞島
15.	Komodo	科莫多島

印尼地圖

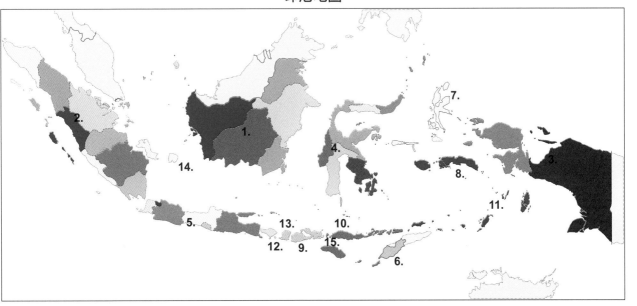

印尼三十四個省分和其首府（截至2017年12月）

省分 / 特區	中文翻譯	首府	中文翻譯
1. Aceh	亞齊特區	Banda Aceh	班達亞齊
2. Sumatera Utara	北蘇門答臘省	Medan	棉蘭
3. Sumatera Barat	西蘇門答臘省	Padang	巴東
4. Riau	廖內省	Pekan Baru	北乾巴魯
5. Kepulauan Riau	廖內群島省	Tanjung Pinang	丹戎檳榔
6. Jambi	占碑省	Kota Jambi	占碑
7. Sumatera Selatan	南蘇門答臘省	Palembang	巨港
8. Bangka Belitung	邦加-勿里洞省	Pangkal Pinang	邦加檳港
9. Bengkulu	明古魯省	Kota Bengkulu	明古魯市
10. Lampung	楠榜省	Bandar Lampung	班達楠榜
11. DKI Jakarta	雅加達首都特區	Kota Jakarta Pusat	中雅加達市政市
12. Jawa Barat	西爪哇省	Bandung	萬隆
13. Banten	萬丹省	Serang	西冷
14. Jawa Tengah	中爪哇省	Semarang	三寶瓏
15. Daerah Istimewa Yogyakarta	日惹特區	Kota Yogyakarta	日惹
16. Jawa Timur	東爪哇省	Surabaya	泗水
17. Bali	峇里省	Denpasar	登巴薩
18. Nusa Tenggara Barat	西努沙登加拉省	Mataram	馬塔蘭

19. Nusa Tenggara Timur	東努沙登加拉省	Kupang	古邦
20. Kalimantan Barat	西加里曼丹省	Pontianak	坤甸
21. Kalimantan Tengah	中加里曼丹省	Palangkaraya	帕朗卡拉亞
22. Kalimantan Selatan	南加里曼丹省	Banjarmasin	馬辰
23. Kalimantan Timur	東加里曼丹省	Samarinda	三馬林達
24. Kalimantan Utara	北加里曼丹省	Tanjung Selor	丹戎塞洛
25. Sulawesi Utara	北蘇拉威西省	Manado	萬鴉老
26. Sulawesi Barat	西蘇拉威西省	Mamuju	馬穆朱
27. Sulawesi Tengah	中蘇拉威西省	Palu	帕盧
28. Sulawesi Tenggara	東南蘇拉威西省	Kendari	肯達里
29. Sulawesi Selatan	南蘇拉威西省	Makassar	望加錫
30. Gorontalo	哥倫打洛省	Kota Gorontalo	哥倫打洛市
31. Maluku	馬魯古省	Ambon	安汶
32. Maluku Utara	北馬魯古省	Sofifi	索菲菲
33. Papua Barat	西巴布亞省	Manokwari	馬諾夸里
34. Papua	巴布亞省	Jayapura	查亞普拉

印尼三十四個省分和其首府

PHILIPPINES

PACIFIC OCEAN

CELEBES

SEA

Sangihe

Kepulauan Talaud

Morotai

30. Gorontalo   **25.** North Sulawesi   Manado

Gorontalo

Sofifi   *Halmahera*

Waigeo

Biak

27. Central Sulawesi

Palu

32. North Maluku

Manokwari

Yapen

26. West Sulawesi

Sulawesi

Mamuju

Kepulauan Sula

Obi

Misool

Ceram

33. West Papua

Jayapura

New Guinea

28. South East Sulawesi

Kendari

Buru

Ambon

34. *Papua*

29. South Sulawesi

Makassar

Muna   *Buton*

31. Maluku

PAPUA NEW GUINEA

Kapulauan Aru

BANDA SEA

Sumbawa

Wetar

Alor

Babar

Kapulauan Tanimbar

Dolak

Flores

19. East Nusa Tenggara

Timor

TIMOR-LESTE

ARAFURA SEA

umba

Kupang

Roti

TIMOR SEA

AUSTRALIA

Lampiran 8：練習題解答

Pelajaran 1

練習一下（一）：

1. Cuci tangan dulu sebelum makan.
2. Jangan mandi setelah makan.
3. Semoga semuanya lancar.
4. Setelah bangun, saya makan pagi dulu. Setelah itu, saya membaca koran.
5. 願（你）長壽且常保安康。
6. 出發去工作之前，我肯定先祈禱。
7. 別放棄！
8. 別亂丟垃圾。

練習一下（二）：

1. Saya setinggi ayah.
2. Dia seorang guru.
3. Besok Hari Wanita Sedunia.
4. 這料理沒我媽的料理好吃。
5. 她的情人和電影明星布萊德彼特一樣帥。
6. 我一整天沒吃。
7. 我每天走路去學校。
8. 我在峇里島旅遊（長達）一個月。

4. 測驗一下：

A. 聽力練習：

(1) sudah lama
(2) baru sampai
(3) Dingin sekali
(4) musim dingin
(5) minum teh panas setiap hari

(1) 很久了
(2) 才剛到

(3) 好冷

(4) 冬天

(5) 每天喝熱茶

B. 翻譯練習：

(1) Bagaimana cuaca hari ini?

Hari ini mendung.

(2) Bagaimana cuacanya besok?

Besok akan hujan.

(3) Kapan musim hujan?

Sekitar bulan Oktober hingga Maret.

(4) Di Taiwan musim apa sekarang?

Sekarang musim panas.

Musim panas di Taiwan sepanas Jakarta.

(5) Kamu paling suka musim apa?

Meskipun panas, tapi saya paling suka musim panas.

(6) Jangan lupa bawa payung kalau hujan.

Pelajaran 2

練習一下（一）：

1. Kamu suka buah-buahan yang mana?

2. Saya suka makan buah-buahan yang segar dan manis.

3. Dia sakit gigi karena makan permen setiap hari.

4. Pernahkah kamu pergi ke Indonesia?

5. Saya belajar Bahasa Indonesia karena istri saya orang Indonesia.

6. 他的小孩越來越漂亮。

7. 我要那個大的。

8. 你喜歡哪一部影片？

練習一下（二）：

1. Budi teman Indonesia saya. Orangnya sangat ramah.

2. Saya suka pergi ke pasar malam karena makanannya enak dan harganya murah.

3. Pekerjaannya apa, Pak?

4. 台灣的臭豆腐，它的味道（聞起來）不好聞，但是嚐起來很美味。

5. （在）這個海灘的風景真美。

6. 哇，那個房子真遠！

4. 測驗一下：

A. 聽力練習：

(1) pasar buah-buahan

(2) harganya berapa

(3) Saya lupa

(4) Manggisnya bisa dibeli di mana ya

(5) saya kurang tahu

(6) harganya murah banget

(1) 我剛去水果市場

(2) 這榴槤多少錢

(3) 我忘記了

(4) 哪裡可以買到山竹呢

(5) 我不知道

(6) 價格很便宜

B. 翻譯練習：

(1) Kamu suka makan buah apa?

　　Saya suka makan manggis dan mangga.

(2) Kalau ke pasar, kamu biasanya beli apa?

　　Saya biasanya beli pisang dan bawang putih.

(3) Saya suka makan buah-buahan karena rasanya manis.

(4) Cantiknya baju ini!

(5) Mau beli yang mana? Yang panjang atau yang pendek?

(6) Saya akan datang lagi lain kali.

Pelajaran 3

練習一下（一）：

1. Ibu mau membeli baju kepada ayah.

2. Saya lebih suka pakai kartu kredit.

3. Saya paling suka baju merah.

4. Masih ada ukuran yang lain?

5. Habis makan, mau minum apa?

6. 為什麼我手機的電池這麼快用完？

7. 當然，我會去。

8. 我應該向我媽媽道謝。

練習一下（二）：

1. Tahu busuk adalah jajanan Taiwan.

2. Saya biasanya suka minuman panas di musim dingin.

3. Mainan anak itu mahal sekali.

4. Saya suka masakan Jepang.

5. 哪一個選擇比較好？

6. 你必須試試在印尼的水果。

7. 肉丸是印尼的特色小吃。

8. 我擁有很高的期望。

4. 測驗一下：

A. 聽力練習：

(1) beli celana panjang

(2) Yang ini ukuran M ada

(3) celana warna hitam

(4) yang warna cokelat dan warna abu-abu ini

(5) ambil warna cokelat satu

(6) pakai kartu kredit

(1) 買長褲

(2) 這個有M號嗎

(3) 黑色褲子

(4) 褐色和灰色的

(5) 我拿一件褐色的

(6) 用信用卡

B. 翻譯練習

(1) Kamu paling suka pakai topi apa?

　　Saya paling suka pakai topi jerami.

(2) Ada kaus oblong hitam di sini?

　　Tentu saja ada, tapi warna hitam sudah habis.

(3) Apakah ada warna yang lain?

(4) Kalau biru tua, masih ada.

(5) Makanan dan minuman di Indonesia sangat enak.

(6) Saya suka makan masakan Indonesia.

(7) 在市場的商品很便宜。

(8) 這是我這一生中（所做出的）最好選擇。

Pelajaran 4

練習一下（一）：

1. Hervin走得比Siti更慢。

2. 我比較喜歡住在萬隆甚於雅加達。

3. 我曾經吃過印尼所有水果，除了榴槤。

4. 台灣的冬天不只是寒冷，還很潮濕。

5. Kedua buku ini bagus-bagus.

6. Kedua makanan ini saya suka.

7. Keelung tidak jauh dari Taipei.

8. Saya belajar bahasa Indonesia lebih cepat daripada dia.

練習一下（二）：

1. 這世界上最高的山是位於喜馬拉雅山區的聖母峰。

2. 有兩隻貓在我家。

3. 椰漿飯包括在印尼最好吃的食物中。

4. 羅斯福是歷史上最年輕的美國總統。

5. Dia suka membeli telepon seluler yang terbaru.

6. Kamu bisa membeli buah-buahan yang termurah di pasar.

7. Ini rumah makan yang terkenal di Bali.

8. Rumah saya terletak di Kota Taipei.

4. 測驗一下：

A. 聽力練習：

(1) Di mana letaknya pasar

(2) tidak jauh dari sini

(3) perpustakaan

(4) musala di sekitar sini

(5) stasiun kereta api

(1) 市場位於哪裡

(2) 離這裡不遠

(3) 圖書館

(4) 附近有祈禱室

(5) 火車站

B. 翻譯練習

(1) Kantor pos terletak di mana?

　　Kantor pos terletak di sebelah perpustakaan.

(2) Masjid jauh dari sini?

　　Masjid tidak jauh dari sini, dekat saja.

(3) Kalau kamu pergi ke Jakarta, kamu mau ke mana?

　　Saya mau berkunjung ke Monas.

(4) Yang merah ini lebih baik daripada yang hitam itu.

(5) Keduanya bagus-bagus.

(6) Kamu adalah wanita yang tercantik di dunia ini.

Pelajaran 5

練習一下（一）：

1. Kapan saja bisa pergi.

2. Nasi goreng ini terlalu pedas.

3. Tidak usah bawa uang.

4. Sejak kapan kamu mulai belajar bahasa Indonesia?

5. 如果要去峇里島，應該搭什麼？

6. 你的印尼語夠流利。

7. 如果已經到了巴士總站，我需要換車嗎？

8. 如果要往三寶瓏，你需要在那裡換車。

練習一下（二）：

1. Saya suka makan ayam goreng yang enak dan pedas.
   我喜歡吃好吃又辣的炸雞。

2. Pulau Bali adalah sebuah pulau yang dekat dengan Pulau Jawa.
   峇里島是一座靠近爪哇島的島。

3. Rumah yang besar dan mewah itu rumah saya.
   那個大又豪華的房子是我的家。

4. Orang yang tua dan sakit itu berjalan pelan.
   那個老又生病的人走路很慢。

5. Baju kuning yang bagus itu harganya mahal.
   那件很好的黃色衣服價格很貴。

6. Mobil yang besar dan mewah itu bukan mobil saya.
   那台大又豪華的車不是我的車。

7. Pria yang ganteng dan tinggi itu teman saya.
   那帥又高的男子是我的朋友。

8. Pria itu sedang makan nasi kuning yang pedas dan enak sekali.
   那男子正在吃辣又好吃的薑黃飯。

4. 測驗一下：

A. 聽力練習：

(1) bus ini menuju ke Bandung

(2) Bus ini menuju ke Cirebon

(3) yang mana langsung ke Bandung

(4) naik bus jurusan Jakarta-Bandung

(5) Tidak usah

(1) 這巴士往萬隆

(2) 這巴士往井里汶

(3) 哪一個直接到萬隆

(4) 搭雅加達-萬隆線。

(5) 不需要

B. 翻譯練習：

(1) Apakah saya harus ganti bus?
    Tidak usah.

(2) Apakah bus ini menuju ke Jakarta?
    Tidak.

(3) Yang mana menuju ke Jakarta?
    Yang merah itu.

(4) Kalau mau ke Jakarta, harus naik apa?
    Kamu bisa naik bus biru itu.

(5) Sejak kecil saya suka minum teh.

(6) Ini pertama kali saya pergi ke Indonesia.

(7) Pria yang tinggi dan ganteng itu pacar saya.

Pelajaran 6

練習一下（一）：

1. 我先出發，先生之後會跟來。

2. 先苦後甘。

3. 以前我抽菸，但是我現在已經停止抽菸了。

4. Saya karyawan baru, baru sampai di perusahaan hari ini.

5. Saya harus pergi berjalan-jalan.

6. Saya butuh bantuan Anda.

7. Kalau mau ke rumah sakit, bagaimana jalannya?

8. Kalau menuju ke Monas, harus lewat mana? / Kalau ke Monas lewat mana?

練習一下（二）：

1. Taipei adalah kota besar yang punya banyak bus kota.
   台北是一個有很多市區巴士的大城市。

2. Rumah saya terletak di Jakarta yang punya banyak tempat wisata.
   我家位於有很多旅遊景點的雅加達。

3. Program televisi favorit saya adalah "Masterchef" yang sangat terkenal di Indonesia.
   我喜歡的電視節目是在印尼很著名的「廚藝大師」。

4. Pria yang suka makan ayam goreng itu ayah saya.
   那個喜歡吃炸雞的男子是我爸爸。

5. Rumah saya yang terletak di Jakarta besar dan mewah.
   我位於雅加達的家大又豪華。

   Rumah saya yang besar dan mewah terletak di Jakarta.
   我（那）大又豪華的家位於雅加達。

6. Teman saya yang datang dari Amerika tinggi dan ganteng.
   我來自美國的朋友高又帥。

7. Pria yang duduk di depan kelas itu teman saya.
   那位坐在教室前面的男子是我的朋友。

8. Pria yang mau pulang ke Indonesia itu sedang makan nasi kuning.
   那位要回到印尼的男子正在吃薑黃飯。

   Pria yang sedang makan nasi kuning itu mau pulang ke Indonesia.
   那位正在吃薑黃飯的男子要回去印尼。

4. 測驗一下：

A. 聽力練習：

(1) di mana letaknya warung roti

(2) Bagaimana caranya menuju

(3) Jalan terus ke arah Barat

(4) belok ke kiri

(5) terus ke arah Selatan

(1) 麵包店位於哪裡

(2) 怎麼走到

(3) 往西方直走

(4) 左轉

(5) 繼續往南方

B. 翻譯練習：

(1) Jalan lurus kemudian belok kiri.

(2) Bagaimana caranya dari sini ke pasar?

　　Jalan lurus sampai pertigaan, kemudian belok kiri, pasar terletak di sebelah kantor polisi.

(3) Kalau mau ke mal, harus lewat mana?

　　Kamu jalan lurus sampai perempatan, kemudian belok kanan.

(4) Jalan lurus terus, sampai lampu lalu lintas yang kedua.

　　Kamu akan lihat mal terletak di antara Bank dan kantor polisi.

(5) 除此之外，這個位於西雅加達的地區，也因食物而著稱。

(6) Pria yang tinggal di Taipei itu suka minum teh.

Pelajaran 7

練習一下（一）：

1. Bagaimana cara pergi ke sana?

2. Tolong buka pintu.

3. Silakan masuk.

4. Saya jarang pergi ke perpustakaan.

5. 比起租屋，寧可買自己的房子。

6. 他已經努力賺錢了。然而，還是不足夠（應付）他的生活費。

7. 我不曾吃過百香果。

8. 我常常搭火車去學校。

練習一下（二）：

1. Saya mau beli kartu yang koneksi internetnya cepat.
   我要買網路連線快的卡。

2. Saya tidak suka kartu yang sinyalnya jelek itu.
   我不喜歡那張訊號不好的卡。

3. Saya pakai kartu yang harganya lebih murah ini.
   我使用這張價格比較便宜的卡。

4. Saya tinggal di rumah yang halamannya luas itu.
   我住在那間院子很寬敞的屋子裡。

5. Saya suka makan masakan Indonesia yang rasanya pedas.
   我喜歡吃味道很辣的印尼料理。

6. Saya mau beli baju yang harganya mahal itu.
   我要買那件價格很貴的衣服。

7. Pria yang bajunya merah itu teman saya.
   那個穿紅衣的男子是我的朋友。

8. Pria yang bajunya biru itu sedang makan nasi kuning.
   那個藍衣男子正在吃薑黃飯。

4. 測驗一下：

A. 聽力練習：

(1) Kemarin saya beli kartu ini di sini

(2) Sinyalnya jelek sekali

(3) sinyalnya paling kuat

(4) Coba yang ini

(5) harganya lebih murah

(1) 昨天我在這裡買這張卡

(2) 它的訊號太差了

(3) 訊號最強

(4) 試試這個

(5) 它的價格比較便宜

B. 翻譯練習：

(1) Lebih baik pakai kartu ini.

(2) Saya selalu pergi ke toko ini, saya jarang pergi ke toko itu.

(3) 我已經在印尼很久了。然而，還不會講印尼語。

(4) 請進。

(5) Saya suka berwisata ke tempat yang cuacanya cerah.

(6) Saya mau berbelanja di toko yang barangnya murah.

(7) Saya mau beli kartu yang koneksi internetnya paling cepat.

(8) Saya suka pakai baju yang warnanya merah.

Pelajaran 8

練習一下（一）：

1. Biaya hidup di Jakarta sangat tinggi.

2. Saya membaca buku sementara ibu sedang menulis surat.

3. Saya belum makan karena tidak sempat.

4. 這是關於我的資訊。

5. 至少我們曾經在一起。

6. 其實我還在念書。

7. 這是關於我們的故事。

8. 這禮拜我們要討論（關於）那個故事。

練習一下（二）：

1. Saya suka bersepeda ke kantor.

2. Saya bekerja di Taipei.

3. Saya belajar bahasa Indonesia di sekolah.

4. Durian itu berduri, bunga mawar itu juga berduri.

5. Dia berbaju merah dan berdasi kuning.

6. Kita pernah bertemu di Taipei.

7. Pohon itu berbunga dan berbuah.

8. Saya suka berwisata dan belajar bahasa asing.

9. Saya mau berbelanja di mal.

10. Saya tinggal bersama dengan keluarga di Taipei.

4. 測驗一下：

A. 聽力練習：

(1) saya mau menyewa mobil

(2) yang kecil saja

(3) Kalau pakai sopir, biayanya berapa

(4) 800.000 Rupiah untuk dua hari

(5) Sudah termasuk biaya sopir

(1) 我要租車

(2) 小的

(3) 如果用司機，費用多少

(4) 兩天八十萬印尼盾

(5) 已經包括司機的費用了嗎

B. 翻譯練習

(1) Saya mau menyewa mobil.

(2) Kamu mau menyewa mobil apa?

(3) Kamu lebih suka menyetir sendiri atau pakai sopir?

(4) Kita bisa menginap di hotel selama dua hari.

(5) Saya mau bersepeda berkeliling kota.

(6) Saya mau mengajak kamu ke rumah saya.

(7) Kamu seharusnya berbaju merah.

(8) Saya sedang berenang sementara dia bersepeda motor.

Pelajaran 9

練習一下（一）：

1. Buah-buahan di Taiwan sangat manis bahkan segar.

2. Berat badan saya lebih dari lima puluh kilogram.

3. Uang di dalam dompet saya kurang dari seribu.

4. Setelah semua teman saya sampai, kita mulai bernyanyi.

5. Setelah makan udang, seluruh badan saya gatal.

6. Kalau kamu berwisata ke Taiwan, kamu harus coba makanan khas Taiwan.

7. Ayah minum teh sambil bertanya kepada saya, "Yang mana lebih baik?"

8. 有很多印尼人來到台灣工作，甚至有的成為了台灣媳婦。

練習一下（二）：

1. Siswa yang berasal dari Indonesia itu suka sekali nasi Gudeg.
   那位來自印尼的學生很喜歡日惹滷味飯。

2. Pelajar yang belajar bahasa Indonesia itu naik bus ke sekolah.
   那位學印尼語的學生搭巴士去學校。

3. Pria yang berkumis itu tinggal di Bali.
   那個留鬍子的男子住在峇里島。

4. Anak kecil yang berdiri di depan toko itu baru pulang dari sekolah.
   那個站在店前面的小孩，剛從學校回來。

5. Karyawan yang bekerja di bank itu biasanya makan siang di warung mi.
   那位在銀行上班的職員，通常在那間麵店吃午餐。

6. Nasi Gudeg yang berwarna cokelat itu rasanya enak.
   那（碗）有著巧克力色的日惹滷味飯，味道很美味。

7. Pria yang berbaju merah itu teman saya.
   那個穿紅衣的男子是我的朋友。

8. Pria yang berbaju biru itu sedang makan nasi kuning.
   那個穿藍衣服的男子正在吃薑黃飯。

4. 測驗一下：

A. 聽力練習

(1) ada meja untuk dua orang

(2) Silakan masuk

(3) Apa hidangan spesial hari ini

(4) menu khas kami, nasi kuning

(5) pesan air kelapa muda

(6) Mau pesan apa lagi

(1) 有兩人的位子

(2) 請進

(3) 今天的特色料理是什麼

(4) 我們的特殊菜單，薑黃飯

(5) 點椰子水

(6) 還要點什麼

B. 翻譯練習：

(1) Kamu mau memesan apa?
    Saya mau memesan babi guling yang terkenal.

(2) Saya mau memesan meja untuk dua orang.

(3) Apa hidangan spesial untuk hari ini?

(4) Pria yang berbaju merah itu sedang makan nasi kuning.

(5) Anak yang berjalan kaki ke sekolah itu tidak bawa payung.

(6) 那個來自印尼的女子，很喜歡辣的食物。

(7) 在早上七點以前出發去學校的學生，通常不會遲到。

(8) 那位在銀行工作的職員，每天搭火車去上班。

Pelajaran 10

練習一下（一）：

1. Dia pulang dulu, saya pun pergi dulu.

2. Kalau menemukan dompet saya, tolong beri tahu saya.

3. Saya suka makanan Indonesia, seperti gado-gado dan bubur ayam.

4. Sarapan sangat penting terutama bagi pelajar dan pekerja.

5. Ivan Gunawan說：「我是唯一一個為台灣設計峇迪圖案的印尼年輕設計師。」

6. 在高中時期，我想如果我可以當一位商人，我會很快地變富有。

7. 椰漿很常被使用在印尼料理中，尤其是巴東料理。

8. 不只是在東爪哇，這新的科系在印尼也是唯一。

練習一下（二）：

第一部份：

1. bayar

2. lapor

3. beli

4. cari

5. baca

6. minta

7. bantu

8. tanya

9. ambil

10. urus, kurus

第二部分：

1. Saya membaca koran sebelum mandi.

2. Saya suka membeli buah-buahan di pasar.

3. Menjelang Lebaran banyak orang membeli baju baru.

4. Saya berjalan-jalan berkeliling Jakarta supaya lebih mengenal Kota Jakarta.

5. Apakah bus ini menuju Jakarta?

6. Meskipun sudah memakai jaket, dia tidak merasa panas.

7. Saya mau memilih kartu SIM yang koneksi internetnya lebih cepat.

8. Saya mau menyewa mobil.

9. Saya mau memesan meja untuk dua orang.

10. Saya mau mengambil paspor baru.

4. 測驗一下：

A. 聽力練習：

(1) melapor

(2) Dompet saya hilang

(3) Hilang di mana

(4) kecopetan di pasar

(5) warna apa

(6) Warna putih dan biru

(1) 報案

(2) 我的錢包不見了

(3) 在哪裡不見

(4) 在市場被扒了

(5) 什麼顏色

(6) 白色和藍色

B. 翻譯練習：

(1) Saya mau melapor.

(2) Dompet saya hilang.

(3) Saya kecopetan.

(4) Bagaimana rupa dompetnya?

(5) Saya mau memasak nasi kuning.

(6) Saya mau menonton film.

(7) Saya mau membawa payung ke sekolah.

(8) Ibu saya menjual ikan di pasar.

國家圖書館出版品預行編目資料

印尼語，一學就上手！（第二冊）QR Code版 /
王麗蘭著
-- 二版 -- 臺北市：瑞蘭國際, 2021.05
256面；19 × 26公分 --（外語學習系列；94）
ISBN：978-986-5560-24-9（平裝）
1.印尼語 2.讀本
803.9118   110006286

外語學習系列 94

印尼語，一學就上手！（第二冊）QR Code版

作者｜王麗蘭
責任編輯｜葉仲芸、王愿琦
校對｜王麗蘭、張家榮、葉仲芸、王愿琦

印尼語錄音｜Kenny Ing（應淋淞）、Chelsie（陳雲珍）
錄音室｜純粹錄音後製有限公司
封面設計、版型設計、內文排版｜陳如琪
美術插畫｜吳晨華、Rebecca

瑞蘭國際出版

董事長｜張暖彗・社長兼總編輯｜王愿琦
編輯部
副總編輯｜葉仲芸・副主編｜潘治婷・副主編｜鄧元婷
設計部主任｜陳如琪
業務部
副理｜楊米琪・組長｜林湲洵・組長｜張毓庭

出版社｜瑞蘭國際有限公司・地址｜台北市大安區安和路一段104號7樓之一
電話｜(02)2700-4625・傳真｜(02)2700-4622・訂購專線｜(02)2700-4625
劃撥帳號｜19914152 瑞蘭國際有限公司
瑞蘭國際網路書城｜www.genki-japan.com.tw

法律顧問｜海灣國際法律事務所　呂錦峯律師

總經銷｜聯合發行股份有限公司・電話｜(02)2917-8022、2917-8042
傳真｜(02)2915-6275、2915-7212・印刷｜科億印刷股份有限公司
出版日期｜2021年05月初版1刷・定價｜480元・ISBN｜978-986-5560-24-9